諸神的差使

6

淺葉なつ

主要登場人物

萩原良彥

本作的主角，二十五歲的打工族。被正式任命為替神明辦理差事的「差使」，趁打工的閒暇之餘，在日本全國各地奔波。打工薪水及假日都因為差事而泡湯，是他最大的煩惱。

黃金

掌管方位吉凶的方位神，外表是隻狐狸，在情非得已的狀況之下成為良彥的監督者。酷愛甜食，致力於收集超商新甜點，及辦理差事時前往的各地名產甜點資訊。

藤波孝太郎

良彥的老朋友，大主神社的權禰宜。外貌一表人才，總是笑臉迎人，但內心其實是個超級現實主義者。他不知道良彥是差使，對於頻頻探詢神明之事的良彥感到詫異。

吉田穗乃香

大主神社宮司的女兒，現為高中女生。擁有「天眼」，能看見神、精靈及靈魂等等。與良彥相識即將滿一年，透過與良彥及神明的交流，逐漸成長。

諸神的差使
6
淺葉なつ
Natsu Asaba

目錄

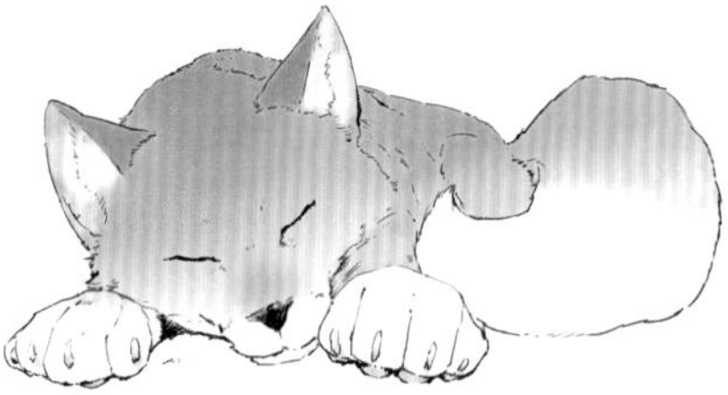

說書

「祖先之魂魄傳於子孫。
吾人生於人世，即是祖先分身之故也。」

江戶初期的朱子學者林羅山，如此描述神（祖先）與人的關係。孩子承襲了父母的魂魄，而父母也有父母，一路往前追溯，便知活在現在的自己，其實延續了未曾謀面的祖先之魂魄（心）與肉體。

「不過，老實說，人活著才不會想這麼多呢。」

放學後順道來到河堤的他如此嘀咕。在兩條河流交會的三角洲上，大學生正在練習吹喇叭，因為生疏而不時卡住的銅管音色橫渡了河面。周圍可望見拍照的情侶和攤開地圖的外國人。時植楓紅季節，市內名勝的觀光客遠比平時多。

「大家都努力地活在當下，哪來的閒功夫思考自己的生命是從哪裡來的？」

他往空空蕩蕩的長椅坐下，從包包中拿出《古事記》的文庫本。這是他的愛書，封面早已磨損，改用厚紙包覆，而且一再翻閱的頁面邊緣變成了褐色。

「……所以，我算是很幸運的，至少我獲得了思考這個問題的契機。」

他替神明辦理的差事還不多，但在這些為數不多的交流中，他也思考過神與人的關係。

「就拿這本《古事記》來說，正是因為有人編寫，現在的我們才能閱讀。這麼一想，現代的科技全都是託先人的福啊。」

他老氣橫秋地說道，心滿意足地點了點頭。他的腦筋比我從前認識的差使靈光，美中不足的是容易得意忘形。

「……不過，包含《古事記》和《日本書紀》在內，古代的文獻有可能被竄改過，現在流傳在世間的到底是不是事實很難說。有時候，反而口耳相傳的才是事實。」

確實如他所言，許多凡人留下的史料，都在當權者的授意下被改寫。原本存在的神明被刪去了名字、角色反轉，或是為了顯示自己的優越，硬生生地冠上知名神明的血統。不過，並非所有史料都是如此，也有些史料記載的歷史與我親眼所見的吻合，未受染指而流傳下來——這件事本身就像是神明的刻意安排。

「不過，事實被扭曲，神明不會難過嗎？」

經他這麼一問，我一時語塞。無論凡人如何傳承，神依然是神，無可動搖——我原本該如此回答，卻意外地陷入沉思。

「與事實不符的事流傳下來，祢不會生氣嗎？」

他似乎感同身受般一臉不快，表情看起來莫名逗趣，令我忍不住發出笑聲，並再次體認到選他為差使果然是正確的。

這麼一提，當初我也是滿懷不安地看著從前的差使。而他後來獲得正式任命，不知不覺間，漸漸地有了差使的派頭。隨著時光流逝，在他心中累積的點點滴滴，想必也與宣之言書一同傳給了這個成為新任差使的少年吧。

直至我的鱗片褪去色彩的那一日為止——

若這個故事能被傳承下去，落入後世的凡人手中。

那也會是，無常人世中的一大樂事吧。

一尊　東國武者

一

望著窗外秋高氣爽的天空，穗乃香嘆了口氣。

繼上週的模擬考之後，這個月底還有第二學期的期中考等著她。不知不覺間，距離畢業的時間只剩下不到半年。明明前一陣子才剛入學，季節變化之快著實令人惘然。

在等著召開班會的教室裡，要好的女生們聚在一起談天說地。換作一般高中，這時候早已因為迫在眉睫的大學會考而充滿緊張感，但在這所私立大學附屬高中，幾乎所有學生都已經確定直升大學，穗乃香也不例外，只待透過十一月的考試決定科系。報考其他大學的學生，原本就被分發在不同班級，因此教室裡的氣氛相對悠閒許多。

「啊……」

穗乃香仰望天空，發出嘆息般的聲音。幾隻白狼一面嬉鬧，一面飛向高懸的澄澈藍天。白色是代表神明使者的顏色，八成是某尊神的眷屬吧。穗乃香目送祂們的身影遠去之後，才把視線轉回教室中。能夠與她分享這種神祕景色的人現在不在身邊。穗乃香徐徐地吐了口氣，打開手邊的聯絡簿，熟悉的文字井然有序地排列於頁面上。

對於穗乃香而言，校園生活並非一帆風順，不過上高中以後，周遭換了批新面孔，生活似乎也變得輕鬆一些。

只要乖乖上課、用功讀書、過著被動的生活，就不會有人來干涉她。唯一的變化，便是隔壁班的高岡遙斗不時會和她說話。

——吉田同學，妳以後要繼承妳家的神社嗎？

穗乃香想起前幾天放學後，偶然在校舍出入口遇見的遙斗曾問她這個問題。所幸父母並不強迫孩子繼承衣缽，而是以本人的希望為優先，因此，過去從未談論過穗乃香從事神職與否的話題。穗乃香自己也一樣，雖然認為日後不無可能，但若要她現在立刻朝著這個方向邁進，她反倒有些躊躇。

不僅如此，遙斗的話語喚醒了穗乃香的苦澀記憶。

本來有另一個人，該在她之前做出這個決定。

穗乃香閉上眼睛，強忍竄過胸口的鈍痛。

帶著微微寒意的秋風搖晃著教室的窗簾。

开

「哇……」

早上七點，在這個平時還在睡懶覺的時段，良彥目瞪口呆地仰望著灰色的摩天大樓。

「這就是東京！」

十月上旬的早晨充滿秋意盎然的冰冷空氣。在這樣的空氣之中，良彥環顧周圍，只見三百六十度都是大廈。單側四線道的馬路上車水馬龍，電視上常見的綠色計程車呼嘯而過，步道上也可看見提早出門的上班族和粉領族行色匆匆的身影。再過一會兒，想必人潮會變得更為洶湧。不愧是丸之內，商業的街道。

「這是今天住的飯店地圖，同樣的地圖我也傳了一份到你手機裡，自己確認一下。」

孝太郎從剛下車的高速巴士行李廂中拿出行李，連珠炮似地對興奮不已的良彥說道。

「我用你的名字訂了一個房間。不過是商務飯店，別太期待。」

「飯店只要能睡覺就好了。別說這個，你看了這種景色怎麼一點也不感動啊！」

良彥接過影印的地圖，對好友投以不滿的視線。面對他的眼神，孝太郎歪頭納悶。

「感動？」

「你看，高樓大廈耶！東京耶！」

在京都土生土長二十餘年，老實說，這是良彥頭一次踏上東京的土地。雖然校外教學時曾經去過某個遊樂園，但那個地方名為東京，其實嚴格說來是位於千葉。

孝太郎瞥了攤開雙手表示感動的良彥一眼，微微地嘆了口氣。

「你是不是忘記我在哪裡讀大學？」

經他這麼一問，良彥突然覺得在都會正中央高舉雙手的行為十分空虛，輕輕地放下手。能不能別用如此冷淡的眼神看著正在興頭上的人？

「……東京。」

「沒錯，我就讀的大學位在東京。換句話說，我在東京住過四年，今天就是為了參加大學同學會，才從兩個月前就調整班表，努力擠出假期來。現在就算來到丸之內或形同迷宮的新宿車站，也都司空見慣啦。哎，多少有點懷念就是了～」

說著，孝太郎重新環顧四周的景色。

孝太郎是在上個禮拜邀請良彥一同前往東京。反正沒有打工的日子，你也只是在家裡混吃等死而已吧——被孝太郎一語道破這個充滿偏見的事實，良彥心裡的確不太痛快；但是當孝太郎表示要替他支付車資及住宿費用之後，他便立刻答應同行，只差沒有叩頭拜謝。雖然有尊狐神一臉不悅地嘀咕「身為差使必須隨時待命，以俾神明交辦差事」，但祂一聽說目的地是首都東京，就興高采烈地跟來了。嘴上說什麼「看看現在的日本京城也不壞」，嘴角卻淌著口水，因此良彥根本不信祂那一套。

「話說回來，你幹嘛邀我一起來啊？還替我出錢。」

良彥再次提起出發前也曾經詢問的問題。孝太郎不是守財奴，但也不是出手闊綽的人。既然是要參加同學會，他大可以自己一個人來。

「我說過了吧？因為你看起來很閒，來參觀一下東京也不壞啊。」

孝太郎從下車處邁開腳步，良彥隨後跟上。老實說，他現在成了差使，比從前只有打工時忙碌許多；然而，閒暇無事的日子，消磨時間的方法卻和從前差不多。或許這是知悉良彥過去的孝太郎關心他的方式吧？

「那、那至少車資讓我出吧！反正高速巴士沒有新幹線那麼貴……」

「不用了。和你接下來的試煉相比，那算不了什麼。」

「咦？什麼？」良彥沒聽見孝太郎的低語，如此反問。

孝太郎短嘆一聲，回頭看著良彥，指示前進的方向。

「這邊是有樂町站，反方向是東京站，你先找到飯店再說吧。」

「呃、呃，有樂町……」

「我先去御茶水的神社和同期生打招呼，接著和住在東京的人會合，直接去同學會。」

孝太郎是畢業於可取得神職執照的神道文化學系，換句話說，今天參加同學會的人，大半都是和孝太郎一樣奉職於神社的現任神職人員。不過，像孝太郎這樣從外地前來參加同學會的人並不多，大多是住在都內和近郊的人。

「我大概很晚才會回來，你先睡吧。」

「你不當我的嚮導嗎！」

居然把好友丟在這種人生地不熟的地方，豈有此理？孝太郎無視良彥的吶喊，重新背起波士頓包，輕快地踏上磁磚步道。良彥還在奇怪他為何如此親切，原來是這麼回事！

「要我去哪裡啊……」

雖然自己一個人也能觀光，但是有沒有熟悉當地的人作伴，差別可大了。良彥只顧著為了能去東京而高興，事前根本沒做功課。在這個代表亞洲的大都會裡，沒有特定目的地，只知道車站的方向，要他何去何從？

「良彥！良彥！」

就在良彥呆然目送孝太郎的背影時，一下巴士便不知跑去哪裡的黃金，豎著尾巴跑回良彥的身邊。

「有樂町似乎是個好去處！」

黃金在良彥腳邊得意洋洋地挺起胸膛，良彥頭一次覺得在祂的背後看見了光環。

「祢幫我查了嗎……？」

「聽說有樂町有很多日式點心店！」

「……祢到底是收集什麼資訊啊？」

良彥懷著大夢初醒之感，俯視著宣告之後想去甜點激戰區自由之丘的狐神。

⛩

「良彥，這是怎麼回事……？」

從高速巴士下車處步向有樂町站的良彥與黃金，避開人潮逐漸增加的車站前，走進高樓大廈並立兩側的巷弄中。他們走在紅磚步道上，發現了一間超商，便入內購買早餐。

「怎麼回事……？祢說祢喜歡昆布口味，所以我就買了昆布口味啊。」

良彥倚著入口附近的大廈牆壁，替黃金拆開飯糰包裝。

「我不是在說飯糰的內餡！我是在問日式點心呢！」

剛才，他們前往黃金想去的點心店所在的大樓，但開店時間是上午十一點，入口依然緊閉。說來也是理所當然，但狐神似乎無法接受。

「剛才祢也看見了吧？店還沒開。再說，我才不想一大早就吃甜點。」

為什麼來到東京還得吃日式甜點？日式甜點應該是京都比較豐富吧。

「……無可奈何。」

黃金咕噥了一聲，不情不願地接過飯糰。良彥嘆了口氣，咬了口買給自己的熱狗。在略帶涼意的早晨，能夠用罐裝咖啡的價位喝到濾掛式咖啡，實在是件值得慶幸的事。

「那麼，現在要做什麼？」

黃金靈巧地用前腳壓住飯糰，一面慢慢啃食一面仰望良彥。

「這個嘛，飯店辦理入住是從下午三點開始，在那之前先去東京其他地方觀光……」

是不是該買本旅遊導覽書？現在突然要考慮去處，良彥只想得出晴空塔和東京鐵塔。正當良彥抱頭苦思之際，耳邊傳來微微的鈴鐺聲，令他抬起頭來。

有個身穿淡紅色和服的女性走過眼前的步道。那身和服的款式有些老氣，衣襬染印著白色的扇形花樣；一頭長髮並未束起，垂著眼的側臉白皙如雪。鈴鐺聲是從她的手邊傳來的，良彥的視線移向纏繞在纖細手腕上的細繩，只見上頭有個小巧的鈴鐺與紫色花飾。

「話說回來，這一帶變得發達許多。在我所知的時代，這裡是個盡是濕地的荒村……」

就在良彥用視線追逐女性之際，腳邊的黃金一面咀嚼飯糰，一面喃喃說道。

「咦？是嗎？」

良彥忍不住回頭望向黃金。仔細想想，良彥只知道進入德川時代以後的東京，也就是江戶。在那之前的東京是片什麼樣的土地，他連想也沒想過。

「當時只有些許台地，現在我們站著的這一帶全是大海。凡人連土地的形狀都能改變，實在了得。」

黃金語帶諷刺地說完最後那句話之後，嘆了口無奈的氣。

「為了住人，只好這麼做。所以現在東京才能成為世界頂級的大都市啊。」

良彥再度把視線移回步道上，身穿和服的女性已然不見蹤影。他從大樓的縫隙間仰望天空。能造訪這座大都市固然是好事，但他有股不祥的預感。過去他也有過幾次突然外出旅行的經驗，而每次差事都會在旅行地落在他身上。這麼一想，搞不好在良彥深思熟慮過後決定目的地的那一瞬間，宣之言書就開始發光了。

在不安的驅使下，良彥叼著熱狗從郵差包中取出宣之言書。幸好尚未出現新的神名。

「……看來你也學到教訓了。」

吃完飯糰的黃金啼笑皆非地望著確認宣之言書的良彥。

「是啊，我這個差使可不是白當的。」

良彥再度將宣之言書收進包包，用智慧型手機秀出地圖。即使被叫去辦理差事，只要在東京都內應該不成問題吧？東京鐵塔離這裡似乎不遠。

「黃金，看來要走上一段路了。」

良彥確認路線之後，將剩餘的熱狗放入口中，邁開腳步。別折回有樂町，直接朝日比谷站前進似乎比較好。

「要去哪裡？」

「東京鐵塔。」

「那裡有好吃的東西嗎？」

「誰知道？不過那裡是觀光景點，應該有賣吃的吧。」

邊說邊把智慧型手機塞進口袋的良彥一時反應不及，結結實實地撞上迎面走來的西裝男子，手上的咖啡也因此灑出來。

「對、對不起！」

良彥連忙道歉，望著灑出來的咖啡去向。紅磚步道上多了道琥珀色的汙漬。
「咖啡有沒有潑到你！」
咖啡杯蓋著蓋子，灑出的咖啡量不多，但若弄髒了正要出勤的上班族西裝，那可糟糕了。
「不要緊，沒潑到。倒是你沒事嗎？」
戴著無框眼鏡的年輕男性並未責備良彥，反而露出笑容安撫他。
「你的手沾到咖啡了。」
男性指著良彥的手，良彥這才發現自己的手滿是咖啡。
「啊，我、我沒事！咖啡已經冷掉了。」
「請拿去用吧。」
男性遞出一條藏青色手帕，良彥手足無措。仔細一看，那是名牌貨，應該很貴。良彥不知道該不該借用，但最後還是乖乖收下。
「對不起，一再給你添麻煩……」
「不，是我走路沒看路。」
說著，男性環顧周圍，似乎在尋找什麼。仔細一看，男子穿著剪裁合身的西裝，與孝太郎不同類型的端正五官在眼鏡的襯托下，更顯得充滿知性氣息。他的年紀應該在二十五歲至三十五歲之間。

「良彥。」

用啼笑皆非的眼神目睹整個經過的黃金突然在腳邊忠告：

「小心，有股奇妙的氣息。」

「咦……」

當著男性的面，良彥不方便反問，只能小聲地喃喃說道。這話是什麼意思？

「…………人？」

注意力被黃金吸引的良彥聽到男性的聲音，連忙抬起頭來。

「咦？啊，什麼？」

「你有沒有在這一帶看到一個穿著和服的女人？」

「穿著和服的……？」

良彥反問，想起剛才看見的那個身穿淡紅色和服的女性。

「哦，我有看見。留著長髮，對吧？你們約好要見面？」

這麼一提，她剛才正是走向男性走來的方向。就時間推算，兩人應該會碰上才是。

「啊，不，不是。」

男性有些慌張地否認。良彥覺得自己似乎見過那張苦笑的臉，不由得眨了眨眼。
「我常在上班的路上看見她，所以有些好奇……抱歉，耽擱你的時間。」
「不，我才該道歉……」
男性舉起手來道別，走向大廈入口。
「請、請等一下！」
聽見良彥呼喚，男性一臉訝異地停下腳步。
「對不起，手帕洗好以後我會還給你的，能不能留個聯絡方式……」
總不能一借不還吧？
「不要緊，只是條手帕而已。」
「可是，這是名牌貨……」
與其清洗過後再歸還，或許買條新的比較好嗎？面對堅持己見的良彥，男性面露苦笑，摸索上衣內袋。
「這年頭像你這麼一板一眼的人不多了。」
男性從黑色皮套中抽出一張名片，遞給良彥。
「如果是工作中，我可能無法立刻接電話……」

「對不起，謝謝！」

良彥道謝，掃視名片。知名旅行社的電話號碼之下印有手機號碼。正當良彥抬起頭來，打算詢問該撥打哪個號碼時，他突然看見一道奇妙的影子，而將視線移向男性背後。見到男子背後的物體，他忍不住倒抽一口氣。

隔著男性肩膀凝視著良彥的，是一雙滿布血絲的眼睛。散亂的頭髮，沒有生氣的蒼白臉頰，以及古裝劇常見的老式盔甲。良彥定睛凝視，以確定自己沒看錯；而越是仔細觀看，那副模樣便越發鮮明，怎麼看都是個落敗武士。

「怎麼了？」

男性發現良彥的樣子不對勁，不可思議地問道。此時，視線與良彥對上的落敗武士緩慢但確實地走向他。每當落敗武士前進一步，盔甲便發出鏗鏗鏘鏘的摩擦聲。距離如此接近，照理說男性應該會發現，但他卻若無其事，換句話說，他看不見，代表這個落敗武士並不是無聊人士扮成的。

「沒、沒事！」

良彥下意識地往後退。為什麼？為什麼會在大都會裡遇上落敗武士的幽靈？步步逼近的落敗武士彷彿隨時要伸手拔出腰間的長刀。

「那、那我先告辭！」

良彥留下這句話，一溜煙地拔腿就跑。

他穿過上班途中的粉領族身旁，跑進擺設露天咖啡座的巷子，來到人來人往的道路上之後，回頭查探情況，落敗武士似乎沒追上來。為了安全起見，他穿越大馬路，走到大廈前的廣場一帶才停下腳步。

「你、你說的奇妙氣息，指的就是那個？」

良彥一面調整呼吸，一面習慣性地撫摸帶有舊傷的右膝。

「那個落敗武士是從哪來的啊……」

他身邊的黃金一派鎮定地留意身後，並就地坐下。

「沒想到那傢伙居然會附在凡人身上。光是受人奉祀還不滿意嗎？」

「咦？你認識那個落敗武士？」

良彥配合黃金的視線高度蹲下，同時萌生一股不祥的預感，從郵差包中拉出宣之言書。

「良彥，你還記得大神靈龍王的心上人藤原秀鄉嗎？那個武者就是被秀鄉討伐的男人，聽說江戶有祂的人頭塚。」

黃金把蓬鬆的尾巴纏在身體上，用黃綠色雙眼望著良彥。

「……祂該不會就是……」

宣之言書宛若正等待著這一刻，散發出淡淡的光芒。上頭浮現的神名是——

「……平將門……？」

至今仍然受人畏懼的怨靈之名，出現在空白的頁面上。

二

平將門是承襲第五十代桓武天皇血脈的豪族之一，然而，在藤原氏政權下的平安時代，祂的官位並不高。於京都出仕藤原氏之後，祂前往祖父擔任國司（註1）的上總國，卻因為父親良將之死而捲入繼承爭端之中。

「後來，有人惹禍上身，前來求助於將門；將門將他藏匿起來，並要求常陸國府撤回對那

註1：古代至中世時期，由中央派遣至地方的政務官。

人的通緝令。然而，朝廷非但拒絕這個要求，還對將門下達宣戰布告，之後便發生了凡人口中的『平將門之亂』。」

良彥取消東京鐵塔行程，改從距離最近的地下鐵車站搭車前往御茶水。有別於只有兩條路線的京都地下鐵，東京的地下鐵路線繁多、錯綜複雜。原本以為大阪的地下鐵已經夠複雜了，沒想到東京更是有過之而無不及。

「將門逐一征服周邊的國府，自立為新皇，在關東建立獨立政權。」

他們走過站前的聖橋，在磁磚步道上緩緩前進。高大的行道樹沿著大學與教堂之間的道路林立，映入眼簾的綠意出乎意料地多。

「所以祂算是造反囉？」

良彥望著走在身旁的黃金。宣之言書上出現將門的名字之後，他戰戰兢兢地回到超商附近，但是身穿西裝的男性及落敗武士已然不見蹤影。

「就結果而言算是。不過，最後將門被藤原秀鄉等人誅殺，頭顱懸在京城裡示眾。後來，祂的頭顱追尋分離的身體，飛向了東方。」

「飛向東方？」

反問的聲音出乎意料地大，良彥連忙摀住嘴巴。光是頭顱飛來飛去已經夠可怕，居然還從京都飛到關東，未免太有毅力了吧！

「據說將門一路撕咬仇人，怨念相當驚人。傳說中，祂的頭顱就是落在位於此地南邊的人頭塚。至今民間仍盛傳『在人頭塚行無禮之事，將門便會作祟』的說法。」

「啊，這個說法我也聽過。在那塊土地上蓋大樓，結果有人死掉之類的吧？」

說著，良彥的背上開始發毛。平安時代至今已經過了一千多年，經過如此漫長的歲月，這顆頭顱依然餘恨未消嗎？

「可是，這樣的人為什麼會變成神明？成了人人害怕的怨靈，我倒還能夠理解……」

良彥在紅綠燈前停下腳步，俯視黃金的金色毛皮。以同樣是凡人成仙的田道間守命為例，祂是因為帶回非時香木實，有功在身；可是，將門卻是造反失敗的亂臣賊子，根本不值得隆重奉祀。還是祂生前其實是個受到當地百姓愛戴的領主？

「這叫『御靈信仰』。自古以來，凡人認為死於非命之人的靈魂會作祟，引發災厄；倘若將這些人奉為神明，撫慰他們憤怒的靈魂，他們便會化身為強力的守護神。就好比現在，將門也被稱為東京的守護神。」

「守護神……」

良彥揣測將門的心境，露出五味雜陳的表情。剛才看見的祂只是個嚇人的落敗武士，怎麼也不像神明。

「事實上，那座奉祀將門的神社即是江戶總鎮守（註2）。」

說著，黃金突然停下腳步。良彥循著祂的視線望去，看見一座面向大馬路而立的巨大鳥居。那不是朱紅色或石造的鳥居，而是莊重典雅的綠鏽青銅鳥居。鳥居深處有道鮮豔的朱紅色隨神門（註3）。

「……唔？」

看見突然出現於都會正中央的神社，良彥有些興奮。他定睛凝視著隨神門，連連眨了好幾次眼。

「那該不會是……」

通往隨神門的緩坡彼端，有個武者昂然而立，裝扮並不像剛才那般落魄，而是身穿沒有絲毫損傷的鮮豔朱紅色盔甲，頭戴雙角衝天而立的鍬形頭盔。那副迎著陽光嚴陣以待的模樣，便如武神一般威武。

「祂的打扮未免跟剛才差太多了吧！」

良彥忍不住大叫，黃金啼笑皆非地嘆了口氣，擱下他先行穿過鳥居。

奉祀將門的神社同時也是東京的觀光勝地，相當有名。神社原本位於江戶城內，隨著城池增建，遷移到了現在這個守著正鬼門（註4）的位置。或許是因為次文化發信地秋葉原就在附近，這裡也成為動畫的舞台，神社內裝飾著繪有插畫的旗幟及繪馬。

「剛才真是抱歉。」

雖然是平日的上午，境內仍有三三兩兩的香客，也可看見外國觀光客的身影。將門避開擁擠的本殿前，帶著良彥等人前往攝末社林立的神社後方。

「某看見金色的身影，暗忖莫非是方位神老爺，想上前攀談，一時間竟然忘了自己的模樣。兩位想必吃了一驚吧？」

說著，將門露出令人意外的豪爽笑容。祂看來約莫四十歲，脖子上有一圈紅色傷痕，一身盔甲及頭盔光亮威武，腰間的長刀有著金色雕飾，十分奢華。唯獨刀柄前端的紫色細繩像是褪色似地微微泛黑，看在良彥眼裡，有種奇妙的突兀感。

註2：鎮守整個江戶的神社之意，即神田神社。
註3：用來供奉門神，以防止妖邪入侵神域的門。
註4：亦即東北方，在陰陽道中為惡鬼出入的方位。

「我也沒想到會在大都會東京遇上落敗武士……所以忍不住拔腿就跑，對不起。」

良彥也向將門賠罪，並略微遲疑地提出不知能否詢問的問題。

「話說回來，祢的盔甲跟剛才好像不太一樣……？」

聽到這個問題，將門笑了。

「哦，一回到這片神域，某會恢復充滿力量時的姿態；但在其他地方，便會化為怨靈的模樣。實在太不方便啦。」

將門豪爽地拍了拍良彥的背部。良彥臉上雖然掛著笑容，心裡卻為了祂的力道之強而暗自叫苦。明明是個死人，這身蠻力是打哪來的？

「這麼說來，祢果然是方位神老爺！久仰大名！」

將門並未察覺良彥的痛苦，將視線轉向黃金。

「當時祢引發的騷動，我還記得一清二楚。沒想到會在後世以這種方式和祢見面。」

黃金搖晃尾巴，瞇起眼睛。

「啊，對喔……黃金也認識在世時的將門啊……」

良彥恍然大悟，喃喃自語。聽說從前將門是在京都當官，那麼，當時以京都為地盤的方位神黃金認得將門，倒也不足為奇。

「某也沒料到自己會成為怨靈，還有人頭塚！」

將門自虐地說道，哈哈大笑。祂的模樣和想像中的可怕怨靈截然不同，良彥不禁歪頭納悶。莫非只是凡人自個兒在害怕，其實祂早就恨意全消？

「對了，今天早上祢在那裡做什麼？」良彥問道。

黃金說將門附在凡人身上，這麼說來，祂是附身於那位男性囉？

將門彷彿正等著良彥詢問這個問題，揚起嘴角露出賊笑。

「某正要提這件事。」

話一說完，將門的周圍便浮現幾個拳頭大的蒼白火焰。見到突然出現的鬼火，良彥忍不住繃緊身子。

「差使兄應該也聽過某作祟的故事吧？」

在這些沒有帶來熱氣，反而散發寒意的火焰照耀下，將門繼續說道：

「某現在正在對那個男人作祟。」

良彥震懾於祂的魄力，下意識地倒抽一口氣。

「作、作祟……」

「怨靈」二字閃過腦海。將門的恨意豈只未消，根本正熊熊燃燒著。

「那個人做了什麼冒犯祢的事嗎？」

黃金詢問，將門自嘲地笑了。

「他的出生就是一種冒犯。不斷絕他的血脈，某絕不甘心。」

將門撫摸自己仍然留有傷痕的脖子，雙眼閃爍著陰森可怖的光芒。

「那個男人是藤原的後裔。」

⛩

根據將門所言，江戶時代以後，人們透過人頭塚等各種管道奉祀祂，因此祂的心靈變得平靜許多。然而，漸漸地開始有人前來祂的神社許下自私自利的心願，甚至有人跑到人頭塚祈求事業成功，使得一度平息的陳年舊恨又浮上心頭。

「某脖子上的這道傷痕，即是悔恨的印記。這些年來，它變得越來越紅，透過脈動強調自己的存在，提醒某別忘了血海深仇。」

剛才的開朗形象有了一百八十度轉變，將門露出陰沉的表情，宛若強自壓抑著憎恨。

「就在兩年前，某偶然看見那個男人……他的身上帶著藤原的氣味，某絕不會弄錯……那是殺了某又砍下某腦袋的一族散發的血腥味。」

蒼白火焰環繞的將門身影，嚇得良彥忍不住拿黃金當盾牌，與祂保持距離。不愧是只剩一顆頭也能從京都飛到關東的怨靈。

「當某察覺他的身分之後，再也按捺不住復仇的念頭。此恨不消，脖子上的這道傷痕就不會痊癒，心靈也無法平靜……」

將門眉頭深鎖，滿面怒容，咬牙切齒。

「復仇……祢打算做什麼？」

良彥隔著黃金戰戰兢兢地詢問。既然是要報殺身之仇，該不會是想咒殺對方吧？

面對良彥的問題，將門略帶遲疑地開口說道：

「殺人償命，乃是天經地義……說歸說，藤原的子孫不只那男人一個。再說，奪他的性命只是一瞬間的事，還不如帶給他一輩子的痛苦，才能消某心頭之恨。」

良彥五味雜陳地望著將門。出師未捷身先死，確實令人悔恨，不過都已經過了一千多年，連子孫也一併恨上，未免太過火一點。

「那男人的老家在京都。雖然他沒有表露出來，但他非常重視自己的家人，尤其對於年歲相差甚遠的妹妹更是呵護備至。所以，某決定先破壞這層關係。」

「破壞關係……？」

「沒錯。某讓他的信件全數寄丟、簡訊頻出問題，並干擾電話訊號。這兩年來，他完全聯絡不上家人。」

「……啥？」

良彥慢了半拍，才如此反問面有得色的將門。

「當然，不只如此！某還有更進一步的計畫！長期音訊不通，導致男人和家人互相猜忌，最後彼此的信賴關係蕩然無存！這麼一來，他就會嘗到被溺愛的妹妹拒絕的悲傷滋味！失去心靈支柱，再也無法相信別人，一輩子孤孤單單地活著！」

將門宛若在誇示自己的力量，用手捏熄飄浮於眼前的蒼白火焰。然而，有別於祂的行為，良彥的反應卻是啼笑皆非地喃喃說道：

「……跟我想像的好像不太一樣……」

聽祂說要復仇，良彥還以為祂會幹出什麼驚天動地的大事。沒想到將門身為怨靈，所作所為居然如此小家子氣。雖然這些行為確實能夠造成傷害，但是似乎尚未超出惡作劇的範圍。

「這倒也算得上是種計畫……以祢現在的力量，頂多只能這樣吧……」

黃金咕咕噥噥地說出難以啟齒的感想。

「那、那祢的復仇計畫進行得還順利嗎……？」

今早遇見的男性看起來並沒那麼孤僻。非但如此，他還好心地出借手帕給剛認識的良彥，不像是個再也無法相信別人的人。

將門嘆了口氣，垂下視線盤起手臂，同時，飄浮在祂周圍的蒼白火焰化為細煙消失。

「這個嘛……老實說，不太理想。」

「不太理想？」

良彥忍不住與黃金對望一眼。將門要做的並不是降下隕石或加快地球自轉速度這類大規模的事，對於現在貴為神明的祂而言，要讓信件寄丟或是干擾訊號，應該易如反掌才是。

「正確說來，方才所說的計畫進行得很順利。因為某種緣故，那小子原本就鮮少與家人聯絡，而這兩年來，這些寥寥無幾的寶貴書信及簡訊完全沒有寄到家人手中，就連電話也打不通。為了讓男人更加驚恐度日，某又在他睡覺時壓他的床、勒他的脖子並留下手印、讓碗盤與茶杯突然破裂……」

將門面色凝重地說道，大大嘆了口氣，垂下肩膀。

「可是，那個男人毫不介意！」

根據將門所言，那個男性完全不相信「作祟」或「靈障」。無論對他做什麼，都像是拳打棉花，毫無反應。

「那小子似乎有些許靈異體質，某原本以為他會立即察覺，嚇得魂飛魄散，誰知就算被壓床，他依然一覺到天亮；脖子上的手印，被他當成奇形怪狀的疹子；打破的茶杯和碗盤，他也以為是原本就有裂痕……」

將門抱著腦袋蹲下來。

「為什麼！為什麼他不為所動！某故意在他睡覺時裝神弄鬼，可是他壓根兒沒醒來！從上方推落盆栽，他卻突然發現忘記東西而折回去拿！後來，某一不做二不休，想把他推下樓梯，誰知他忽然蹲下來綁鞋帶，害某撲了個空滾下樓去……這教某如何是好！」

將門大叫，良彥用略帶同情的眼神望著祂。看來祂似乎使了不少手段，但是全被對方在不自覺的狀態下反將一軍。那個充滿知性的男性，或許是超越孝太郎的超級現實主義者。

「某恨不得早一刻完成復仇大計，消除脖子上這道傷痕，這個不光彩的記號……」

將門緩緩地抬起頭來，將發直的雙眼轉向良彥。

「……差使兄，差使的任務就是聽從於宣之言書上頭浮現名字的神明之吩咐，辦理差事，對吧……？」

「……沒、沒錯，可是……咦？等等，這意思是……」

「那就拜託爾了。」

將門打斷困惑的良彥，站起身來。當祂靠近時，長刀和盔甲互相摩擦發出聲響，褪色的紫色花飾在刀柄上的細繩前端搖晃。

「與某聯手復仇，把那個男人逼上絕路吧！」

良彥啞然無語，忍不住回頭看黃金，然而，素以不干涉私事為原則的祂只是用後腳搔了搔耳朵，並未回應。見狀，良彥連忙從郵差包中取出宣之言書。這種對人作祟的差事，大神總不可能允許吧——良彥如此希望。

「不會吧……」

然而，良彥的希望落空了，翻開的宣之言書上，將門的名字隨著光芒上了層濃濃的墨色。

⛩

差使的任務是聽候於宣之言書上浮現名字的神明差遣，無論是多麼無理的要求，都必須設身處地、真摯地傾聽。

「可是，也不能要我幫祂作祟啊！」

在將門的魄力震懾下，良彥第一時間只能虛與委蛇、設法脫身。後來，他離開了神社，再度返回有樂町。

「不過，這就是將門的心願，無可奈何。」

在剛才走入的站內咖啡店裡，黃金吃著千層蛋糕，心滿意足地抬頭仰望良彥。看來就算不是祂想吃的日式甜點，只要是甜食，就能討祂歡心。

「話說回來，祢好歹是神明吧？不能叫祂別作祟嗎？」

時間將近十二點，車站前的馬路上出現了提早午休的上班族和粉領族的身影，行人似乎比剛才更多。良彥循著今早經過的路線，走進鋪著紅磚的巷弄。

聽了良彥的話語，走在前頭的黃金機靈地回過頭來。

「神明是蠻橫無理的。」

「這句話未免太萬用了吧！」

差使的差事是絕對的、只是和你一起行動罷了、沒有協助你的義務……黃金可能說什麼話，良彥了然於心。他凝視著走在前頭的尾巴，咕噥了一聲。無論如何，看來他是無法期待狐神出面制止。

「……唉，如果真的是不該做的事，大神應該也不會受理吧……」

良彥喃喃說道，仰望從高樓大廈的縫隙間隱約可見的天空。不過，就算大神允許，良彥也不能就這麼全面協助將門。仔細一聽，那個男性並沒有做過任何冒犯將門的事，單純是因為身為藤原的後裔而被怨恨。如果是本人行為不端，良彥願意幫忙懲罰；但要那個男人為了根本不認識、好幾代之前的祖先所做的事負起全責，良彥總覺得有失公允。

「你回到這裡來，有什麼打算？」

黃金在購買早餐的超商前詢問。

「那個男人當時就是走進這座大樓，對吧？我在想，到了中午，說不定他會出來吃午餐。雖然我也可以打電話給他，可是又怕打擾他工作……」

良彥指著超商隔壁的自動門。先前他沒有發現，其實導覽板上印著與名片相同的旅行社名稱。他剛才在站內附設的購物中心買了今早借來的同品牌手帕，雖然兩千圓是筆不小的花費，但應該能成為再次見面的藉口。

「既然差事受理了，就不能叫將門別作祟。不過，聽將門的說法，那個人好像完全不把作祟當一回事，所以我要趁現在提醒他多注意周遭。」

良彥則可以藉此爭取時間，設法說服將門。良彥在可以望見大樓入口的道路對側嚴陣以待，仔細留意出入的人。必要之時，他可以打電話。

「要是沒遇上怎麼辦？」

黃金在良彥身邊坐下，將蓬鬆的尾巴捲在自己身體上。

「到時候就打電話說明……再不然寫信？」

反正有東西要交給他——良彥凝視著手中的手帕。如果可以，當面說明當然是最好的。

「咦？」

就在良彥和黃金交談時，有道聲音從意料之外的方向傳來。良彥慢了半拍才轉過頭。

「果然是今天早上的……」

今早的男性不是從良彥監視的大樓入口，而是從有樂町站的反方向走來。他發現良彥，便爽朗地主動攀談。瞧他提著公事包，或許是外出跑業務剛回來吧。

「啊，呃，今天早上真的很抱歉！我怕來不及洗乾淨還給你，所以買了條新的……」

在做好心理準備之前重逢，令良彥有些動搖，但還是遞出裝著手帕的包裝袋。他沒料到會這麼快見到對方。

「啊，勞你專程送來，不好意思。讓你破費了。」

男性隔著眼鏡鏡片露出充滿歉意的微笑。不知何故，見到他的笑容，良彥有些難為情，抓了抓頭也跟著無來由地笑了。男人的個子比良彥高、體格意外壯碩，卻有一張小臉及清爽的五官，成了良好的落差，即使是同性也會忍不住觀察他。

「呃，不好意思，在你正忙的時候問這種問題……」

良彥想起正題，回過神來。沒錯，現在可不是看帥哥保養眼睛的時候。

「你最近有沒有碰上什麼怪事？」

「怪事？」

面對這個突如其來的問題，男性將收下的手帕放進公事包中，歪了歪頭。

「比如……寄出去的信沒送到，睡覺的時候被鬼壓床，早上起床的時候脖子上有手印……請你多留意這些事。」

對不起，突然說這種莫名其妙的話——良彥低頭道歉。光聽這番話，他活像是一個可疑的占卜師。

「其他還有……像是茶杯突然破掉、盆栽從天而降之類的。」

男性目瞪口呆地看著比手畫腳說明的良彥，不久，他嘆了口氣露出苦笑。

「怎麼了？這是什麼新型的靈異商法嗎？」

「不，不是的……」

良彥一時語塞，抓了抓腦袋。將門說這個男性完全不相信靈異現象，看來是真的。

「真不巧，我每天都過得很平安。勉強要說的話，信有沒有寄到我是不知道……我家的訊號很微弱，電話通常打不出去，無法確認。」

良彥與黃金面面相覷。干擾訊號的想必是將門吧！

男性盤起手臂，視線游移，回顧近來發生的事。

「再說，鬼壓床和盆栽從天而降，算不上怪事吧？浴室的電燈突然開始閃爍、半夜電視忽然自行打開、電話接起來只有叫聲之類的惡作劇，也是很常見的事。」

男性滿不在乎地說道，良彥靜靜地眨了眨眼。

「……不，這些事情已經夠奇怪了吧……？」

「咦？是嗎？我從小就常被鬼壓床，大概是因為體質的關係。現在我的身體已經進化到被鬼壓床也能熟睡的地步。」

——進化對鬼壓床也有效嗎？

「……那、那脖子上有手印呢……？」

「我從小就常長那種形狀的疹子。」

「茶杯破裂……」

「俗話說得好，無巧不成書嘛！」

看來他真的很不信邪。望著眼前微笑的男性，良彥下意識地倒抽一口氣。老實說，雖然將門那麼說，但良彥本來以為這名男性多少會有些害怕；如今見他若無其事地將所有奇異現象，歸因於「體質」、「巧合」與「惡作劇」，看來並非是強作鎮定。

「這個對手不好應付。」

黃金在良彥的腳邊啼笑皆非地搖動尾巴。這類型的人，就算有一天遇上美麗的女神，大概也會渾然不覺地經過吧。

「我從小就常遇上這種事。突然從月台掉到鐵軌上、車子開到一半爆胎，根本是家常便飯。晚上睡覺的時候，好像有人站在枕頭邊；最近的半夜裡，我甚至看見有人拿著刀。不過，這些應該全都是夢吧！」

我常作怪夢——男性露出爽朗的苦笑，繼續說道：

「我也看過渾身是血的人站在平交道，還有身穿白衣的人在半夜的墓地遊蕩。不知道是在拍連續劇還是電影？拍戲真是辛苦。」

「你確定那是在拍戲嗎！」

良彥忍不住大聲說道。這個男人擁有超乎常人的靈異體質，卻毫無自覺，就某種意義而言，他可謂是個奇蹟。從小到大的經歷造就現在的他。他似乎遇過許多狀況，難道沒有任何一項能喚醒他的自覺嗎？

「所以我現在已經見怪不怪了……話說回來，你怎麼知道我發生過什麼事？」

男性露出泰然自若的笑容，隨即又不可思議地歪了歪頭。

「啊，不，這個嘛……」

良彥結結巴巴地尋找藉口，總不能說「是對你作祟的元凶告訴我的」。最後，良彥使出了必然能夠堵住對方嘴巴的殺手鐗。

「……是、是巧合。」

黃金無奈地嘆了口氣。

男性目瞪口呆地看著良彥，接著笑咪咪地說道：

「這樣啊，原來是巧合。居然全讓你說中了，巧合真是可怕。」

相信真的是巧合的你比較可怕——良彥一面乾笑，一面在心裡嘀咕。正向思考到這種地步，反而嚇人。

「……某是在今天早上吩咐差事的。」

這道低沉的聲音突然傳入耳中，良彥忍不住「噫！」了一聲。

「沒想到數刻鐘之後，差使兄就跑來查探敵情。」

與良彥正面相對的男性背後，出現一個臉色蒼白的落敗武士。祂現在是身穿殘破盔甲的怨靈模樣，並沒有在神社時的那種神聖氛圍。

「實在太令某敬佩了！」

良彥努力克制著抱頭蹲下來的衝動。為什麼祂偏偏挑在這種時候跑來？

「爾也聽見了吧？這個男人連某的作祟，都以『體質』和『巧合』帶過。這種宛若一拳打在棉花上的感覺，爾能體會嗎！」

「……啊，嗯，我好像能夠體會……」

「咦？你說什麼？」

良彥順口回答，聞言，男性一臉訝異地反問。良彥連忙聲稱沒事，敷衍過去。

「事到如今，只剩這個辦法了……」將門下定決心般說道，拔出腰間長刀。被不祥的紫色靄氣包圍的刀身，滯鈍地反射陽光。

「咦？等、等等！」

祂到底想做什麼？良彥摀住險些說出話來的嘴巴，打手勢要求將門把長刀收回鞘中。然而，將門卻斜舉長刀，凝視著男人的背部。良彥有種不祥的預感。

「如果有怨言，就去找祖先說吧！」

刀柄前端的花飾搖晃著。話一說完，將門立即逼上前去，揮落長刀。瞬間，男人的背部被斜砍一刀……原本該是如此，但是感受到揮落的長刀風壓的只有良彥而已。

「啊，欸，你看！」

長刀刀尖掠過眼前，良彥險些軟了腳。不知幾時間橫越馬路、走向超商的男性呼喚良彥。

「如果你有在這裡買東西，發票還留著嗎？現在憑一千圓以上的發票，可以參加《偶像戰隊愛情保衛戰ＮＥＯ！》的周邊產品抽獎。我妹妹小時候，我常在老家陪她一起看初期的版本。」

說著，男性專注地看著貼在玻璃上的海報，只有揮刀的將門和膝蓋發抖的良彥仍留在對面的步道上，一動也不動。

「……看吧？」

將門緩緩地還刀入鞘，一臉哀愁地徵求良彥的贊同。

「……嗯。」

良彥挪動僵硬的雙腳，微微地點了點頭。那個男性應該看不見將門，為何能夠及時閃開？根據將門所言，當祂丟下盆栽及試圖推對方下樓時，也被他以近乎不可能的完美身法閃開，落得失敗收場。

「該不會是他其實看得見吧……？」

良彥撫摸著好不容易又能動彈的膝蓋，喃喃說道。若非如此，他實在難以置信。

「不，那個男人確實看不見。」

目睹整個過程的黃金用黃綠色雙眼望著男性。

「但是他的直覺很敏銳。真正受到危害的時候，他的直覺便會發揮效用。這是祖先庇佑有加的證據。」

「哦？他是因為祖先而被怨恨，卻又受到祖先庇佑？真諷刺。」

既然要庇佑，怎麼不乾脆趕走將門？良彥啼笑皆非地嘆了口氣，奔向朝自己招手的男性。

「你有看嗎？這是在星期日早上播出的，是初期版本的重製版。」

男性指著《偶像戰隊愛情保衛戰ＮＥＯ！》的海報，天真無邪地問。海報上印的是穿著各色隊服的數名少女各自擺出姿勢的插畫。良彥似乎曾在街上或廣告中看過，但不太確定。

「不……對不起，我沒看。」

「哎，也對，這是給小女生看的。我只是覺得妹妹或許現在還在收看，所以才跟著看。」

「這樣啊？」

良彥還以為他是打扮得很正經的隱性宅男，原來並非如此。良彥拿出皮夾，找出連同零錢一起收下的發票。

「所以周邊產品是要送給你妹妹的？」

「如果抽中的話。」

同為人兄的良彥對靦腆苦笑的男性萌生一股親近感，將發票遞給他。從這人想代妹妹參加周邊產品抽獎這一點看來，他應該很疼愛妹妹。

「……就算你寄出那個叫什麼周邊產品的玩意兒，終究還是無法送達的。」

一回過頭，便看見將門的臉孔在自己的鼻頭前，良彥險些叫出聲來。真希望祂能夠意識到自己的外貌有多麼嚇人。

「某會一而再、再而三地打碎你的希望……名為妹妹的希望……」

良彥啼笑皆非地看著在男性耳邊輕喃的將門。人家明明是個努力迎合妹妹喜好的好哥哥，何必這樣為難他呢？

「差使兒，某先回去尋思對付此人的良計，這段期間內，就有勞爾了。」

將門說道，並對良彥低頭致意，接著，只見祂的身影逐漸變淡，最終消失無蹤，大概是回到神社或其他可以靜心思考的地方動歪腦筋了吧。

「……我看祂乾脆對付妹妹，還比較能夠打擊這個人……」

良彥望著將門消失的方向，口中喃喃自語。祂為了對這個男性作祟，甚至不擇手段，但是似乎不懂得舉一反三。

「——啊！」

就在良彥思索之際，男性突然叫了一聲，邁開腳步。不過，他走了幾步以後，又困惑地停下來。

「怎麼了？」

良彥循著男性的視線望去，看見一群外出用餐的粉領族。她們似乎是來自於不穿制服的公司，每個人都穿著秋意盎然的深色系服飾。

「……不，是我看錯了……」

男性將眼鏡往上推，露出窩囊的笑容。

「或許是因為我早上沒遇見她，心裡掛念的緣故。」

「哦，你是說那個穿著和服的女人？」

良彥想起今早男性曾經問起這件事，環顧四周。就他所見的範圍，並未看見這樣的女性。

「你常遇見她嗎？」

他們感覺上不像是互相認識。面對良彥的問題，男性戀戀不捨地環顧周圍，點了點頭。

「嗯……我是近一年來才注意到的，或許在更早之前我就見過她了。每次視線和她對上，她就會向我低頭致意。我一直想找個機會問問她是不是認錯人，不過，只要我想靠近她，她就會消失在人群中，不知去向。不知道為什麼，我就是無法放著她不管。她給人的感覺和我妹妹有點像。」

「和你妹妹？」

「對，含蓄、虛幻、有種透明感……」

聽到這兒，良彥有種不祥的預感，臉龐倏然僵硬起來。這人該不會一開始說就沒完沒了？

「她的笑容能夠點亮整個世界，是天使？女神？還是鑽石？無論是眉毛或雙腳中趾的形狀，我從來沒看過比妹妹更加可愛的。宇宙間的歡喜與幸福，全都是為她而存在。我打從心底感謝自己生為她的哥哥，因為這樣我才能夠從她還是胎兒的時候就一直看著她。我希望自己比她長壽，見證她的整個人生……」

「喂，好恐怖好恐怖好恐怖！」

良彥連忙制止滔滔不絕的男性，經過身旁的上班族對他們投以訝異的目光。良彥本來以為這人是個適合戴眼鏡的知性美男子，沒想到根本是台妹妹溺愛機。

「……我很久沒回老家了，上次見到妹妹，已經是好幾年前的事……」

男性似乎被自己的一番話勾起回憶，嘆了口氣垂下肩膀。

「聽說最近有男人在妹妹的身邊打轉……我在想，不知道該不該去考張狩獵執照，以便能合法持槍？」

「這個人沒救了！」

良彥的背上冒起雞皮疙瘩，忍不住縮起身子。比起怨靈，良彥覺得他更可怕。

「既、既然你這麼喜歡你妹妹，可以多回家看看她啊！不然，你妹妹會連哥哥長什麼樣子都忘記的。」

這年頭就算不實際碰面，也可以透過網路視訊交談；不過，現在他的訊號受到怨靈干擾，只怕電話或簡訊都不通。將門如此執拗地拆散他和家人，應該就是因為他如此溺愛妹妹吧。

「……不，維持現狀就好。」

男性喃喃說道。他的語氣相當壓抑，彷彿剛才的熱情根本不曾存在過。

「她討厭我反倒好，這樣才不會動搖我的決心。」

他擠出的笑容之中帶著令人心酸的寂寞。

三

「秀鄉！秀鄉，你為何背叛某！」

逐步征服關東、自立為新皇的將門，僅僅風光了數個月。

「我不記得自己曾背叛你。背叛的應該是你吧！你怎會如此膽大妄為，自立為新皇？」

為了討伐將門而起兵的藤原秀鄉，與父親被將門所殺的外甥平貞盛聯手，率領四千兵力出戰。當時，將門的兵力不到一千，但是這場仗他絕不能輸。

「你從一開始就打算這麼做了嗎？」

「什麼意思？」

「你騙了某！」

「什麼意思？」

那一天颳著猛烈的南風。戰爭持續了數日，兩軍都已經顯現濃厚的疲憊之色。宛若欲將樹木連根拔起的強風捲起黃沙，吹動了土塊，在耳邊低鳴。秀鄉始終一派鎮定的態度，令將門恨得牙癢癢的。

「不然你怎麼會知道這個地方！」

為了不被呼嘯的風聲蓋過，將門大聲嘶吼，喉嚨頓感疼痛。對上長於計略的秀鄉聯軍，能夠占得上風處固然幸運，但他的兵力只剩下四百左右了。

「怎麼能夠如此精準地攻打某的陣地！」

雙方陣地放出的箭矢如同雨水般不斷落下。

對於這些問題，馬上的秀鄉閉口不語，凝視著將門。

不知何故，將門似乎在那雙眼睛裡看見一絲悲哀。

站在可將東京街景盡收眼底的大廈頂樓，將門緩緩地睜開眼睛。在那場戰爭裡，祂因為額頭中了流箭而身亡。以一個自立為新皇的人而言，這樣的落幕方式未免太窩囊。

「……某想開創新天下。」

將門啞著嗓子喃喃說道。祂早已厭倦部分貴族弄權亂政的行徑，惱恨將關東一族蔑稱為土包子的風潮。征服關東點燃祂成就霸業的野心之火。倘若真有這一天，過去死在自己手裡的親人應該也能瞑目吧！待祂成為族長、統率全族，族人便能過上更好的日子。

「某相信這麼做也對百姓有益……」

將門與興兵討伐祂的秀鄉並非素不相識。正因如此，秀鄉的到來讓祂領悟一件事。

——啊，已經沒有真正的自己人了。

將門摸了摸自己的脖子。死後化為怨靈，甚至成神之後，這道傷痕依然未消失。這種不光彩的過去，祂恨不得早一刻抹除。每當祂想起自己臨死前的情景，便會感受到不該有的痛楚。

「某絕不饒你，秀鄉……」

在大廈風的呼嘯之中，將門低聲說道。

「絕不饒你……」

祂靜靜地握緊拳頭，依然說不出另一個人的名字。

卄

「將門有沒有妹妹啊？」

為了慎重起見，良彥將自己的名字與聯絡方式告知男性，之後便造訪位於附近的將門人頭塚。傳說中，從京都飛來尋找身體的頭顱，最後就是落在這個地方。放眼望去，高樓大廈林立，這個突然出現於大樓間的空間瀰漫著一股異樣氛圍。

「妹妹啊……」

修葺有加的墓園並不寬敞，位於深處的石碑之前供奉著鮮花。良彥對著石碑合掌祝禱之後，環顧周圍，只見四周安放著幾尊意味頭顱歸來的青蛙像（註5）。

「或許有，不過當時的女人通常沒有留下紀錄，除非身分尊貴，或是嫁進身分尊貴的人家。無論如何，現在已經無從得知。」

黃金往地面坐下，用視線追逐來回踱步的良彥。不久後，三個身穿工作服的人到來，在石碑前合掌祝禱，隨即便又離去。莫非是工地的工人？

「話說回來，你怎麼會問起將門的妹妹？」

聞言，良彥回頭看著黃金說：「沒什麼，理由很單純。我在想，如果祂也有妹妹，搞不好這就是祂對那個西裝大哥作祟的原因。或許祂只是羨慕人家。」

得知將門的恨意有多麼深沉，並目睹祂執拗地對付溺愛妹妹的男性後，良彥得到這個結論。由於將門起兵叛亂，祂的親人大多受到株連，倘若祂有妹妹，想必日子也過得不安泰。或

註5：日文的歸來與青蛙發音相同（KAERU）。

許正因為如此，祂才會盯上在這個太平時代高聲闊論自己有多麼疼愛妹妹的男性。
「祢想想，藤原的後裔滿天下，祂卻只恨那個大哥，未免太奇怪了吧？光是姓藤原的就不知道有幾人。」
良彥從口袋中拿出男性的名片，其實他的姓氏並非藤原。其他承襲了藤原血脈的人，全國上下應該還有好幾萬人吧。
「哦，你也懂得用腦了。」
黃金滿意地瞇起眼睛，搖了搖尾巴。
「有沒有妹妹姑且不論，但祂的確憎恨家人與親戚。或許正因為如此，才看那個深愛家人的男人不順眼。」
不，那個人應該不是深愛家人，而是深愛妹妹——良彥五味雜陳地盤起手臂。他自己也有妹妹，實在難以相信有人能溺愛妹妹到這種地步。
「將門討厭家人嗎？」
自課堂中學到的「平將門」事蹟，如今只剩下模糊的印象。世人僅顧著把將門的詛咒當成靈異話題炒作，對於祂的生平卻所知無幾，令良彥有些痛心。
「我不清楚用『討厭』來形容祂的情感是否正確，不過祂在世時確實是信不過親人。」

某個計程車司機特地停車，來到石碑前合掌祝禱，又快步回到車上。黃金目送他的背影，繼續說道：

「當時還沒有長子繼承制度，將門是三男的兒子，父親死後，祂和親戚為了爭奪領地而反目成仇，最後燒死了伯父。後來，將門便與全族為敵，展開骨肉之爭。」

兄弟姊妹為了爭奪父母遺產而決裂的情況，在現代也很常見。當時將門懷著什麼想法投入爭鬥之中，良彥無從揣測。是為了亡父的名譽？還是為了反抗不合理的待遇？無論為何者，與親人為敵，祂的心中定然是五味雜陳。

「最後與秀鄉一同討伐將門的平貞盛，就是將門燒死的伯父之子，而秀鄉則是貞盛的舅舅。換句話說，攻打親人的將門，最後是死在攜手合作的親人手上。」

這就是因果報應嗎？良彥難過地俯視地面。

「據說秀鄉和將門彼此也相識。」

「這樣啊……」

把「如果」用在過去發生的事上並沒有意義，不過，良彥就是會忍不住猜想。「如果」領地之爭沒有發生，阿華的心上人秀鄉與將門是否能夠把酒言歡？

「因為這個緣故，親人間的信賴關係和家族愛的確有可能引發將門的執拗攻擊。」

「嗯，我似乎懂了。」

良彥嘆了口氣仰望天空。從高樓大廈包圍的墓園仰望的藍天，呈現不可思議的形狀。

「不過，如果是這樣，何必那麼執著於妹妹……？」

良彥難以釋懷，忍不住嘀咕。原因與將門的妹妹有關的可能性似乎不高，莫非祂只是看不慣那個男性把所有的愛都灌注在妹妹身上？

「再說，既然將門攻擊那個人是因為他是藤原的後裔，那攻擊他妹妹意思不也一樣？」

良彥納悶地再度思考這個可能。將門說過男性的老家位於京都，莫非是距離的問題？

「……怨靈還有距離的限制嗎……？」

良彥自問自答，忍不住抱頭苦惱。

「啊，我完全想不透！」

抬頭望去，秋季的天空顯得格外蔚藍，雲影倒映在聳立的大廈。

⛩

『恭喜你順利抵達飯店。』

孝太郎訂的飯店離將門的人頭塚所在的大手町並不遠。良彥在傍晚辦理入住，小憩片刻之後，正在和黃金爭論晚餐該如何解決。

「你都給我地圖了，當然能順利抵達。」良彥坐在床上，隔著電話反駁孝太郎。在地下鐵出口迷路，向站務員問路之事就姑且不提了。

『同學會就快要開始，我和其他神職人員發完牢騷以後才會回去。早上我也說過，你不必等我，自己先睡吧。明天我要帶你去個地方，記得把時間空下來，拜拜。』

「等等等、等一下，孝太郎！」

良彥及時叫住打算掛斷電話的孝太郎。

「我有事要問你！」

『什麼事？』

隔著電話傳來某人呼喚孝太郎的聲音。其他同學已經到齊了嗎？良彥連忙問道：

「你知道平將門嗎？」

『知道啊。』

「那個人有妹妹嗎？」

良彥感覺得出孝太郎因為這個突如其來的問題而傻了眼。無論如何，良彥還是想探討這個可能性。

『……良彥，我告訴你一個好方法。』

不久後，孝太郎開口說道。不知他是否用手摀著話筒，聲音聽起來有點悶悶的。他這種宛若忌憚旁人耳目的聲調引得良彥豎起耳朵。莫非他知道什麼相關傳聞？

『首先，你用手機的搜尋引擎搜尋「平將門　妹妹」。』

「哦、哦！然後呢？」

『就這樣。』

「啊？」

『祝你好運。』

孝太郎掛斷電話。良彥一面咒罵期待的自己，一面將智慧型手機扔到床上。

「你還沒放棄妹妹這條線索啊？」

在床上聽他們說話的黃金投以啼笑皆非的視線。

「因為將門如果真的有妹妹，或許可以幫我阻止祂啊！」

目前良彥只想得出這個方法。總不能真的幫將門作祟害人吧。

「就算祂真的有妹妹，而你也有辦法把祂的妹妹從地府裡找出來，但要是祂妹妹怨恨害得自己家破人亡的藤原氏，要哥哥盡情作祟，那該怎麼辦？」

良彥默默無語地與黃金對視片刻。為何自己身邊盡是些壞心眼的傢伙？良彥開口打算反駁，卻找不到足以堵住對方嘴巴的論點。雖然黃金是隻貪吃的狐狸，但畢竟還是神明，良彥不該貿然挑戰祂的。

「……先去吃飯吧。」

良彥莫名疲憊地站起來，贊同此議的黃金已經先一步走出房門。

過了傍晚七點，天色已轉暗，明亮的商店招牌及霓虹燈把街道點綴得五彩繽紛。來到站前的大馬路上，行人熙熙攘攘，餐飲店林立，良彥邊查看羞澀的阮囊，邊打量小酒吧或號稱「築地直送」的居酒屋。

「良彥，那間店是站著吃的嗎？又不是蕎麥麵店，卻要站著吃？」

黃金發現一間擠滿下了班的粉領族的法式餐廳，興沖沖地問道，只差沒衝上前去。

「啊，現在不是很流行站著吃的法式料理或牛排嗎？話說在前頭，我可不去喔！我才沒那個勇氣闖進不同人種的聖域。」

良彥露骨地皺起眉頭，避開店裡溢出的亮光。那裡一定設下了打工族無法進入的結界。難得來東京一趟，去家庭餐廳吃飯是有點乏味，但要單槍匹馬闖進這種裝潢精美的餐廳著實需要勇氣。雖然上頭寫著「Bistro」，不過良彥根本搞不懂「Bistro」是什麼意思。

「祢看，黃金……這種時候，黃色招牌多讓人安心啊……」良彥發現熟悉的牛丼店招牌，心有戚戚焉地說道。這個招牌從來不曾帶給他如此強烈的安心感。

「良彥，那家店沒有甜點。」

黃金仰望招牌搖了搖頭，再次邁開腳步。祂的判斷基準向來簡單明瞭。

「要符合祢的要求，只能去家庭餐廳了。」

「有什麼不好？還有飲料吧呢！」

「是沒錯啦……」

良彥不情不願地追著黃金的尾巴行走，因為紅燈而停下腳步。過了馬路有間連鎖家庭餐廳，與其繼續四處遊蕩，不如索性進那家店算了。

等候燈號轉變的期間，良彥漫不經心地望向同樣停在馬路對側的行人。身穿西裝的男性、戴著耳機的學生，年齡、性別各不相同的人們各懷心思與目的地，駐足等候。

「……仔細想想，即使放眼全世界，文明水準也是數一數二的大都市東京裡，居然還保留著一千多年前的古人墳墓，真是不可思議啊。」

良彥想起白天參觀的人頭塚。那塊土地位於商業區的正中央，夾在大樓與大樓之間，主張另闢用途、有效運用的意見想必不在少數吧。然而，那裡至今仍是人頭塚，正是因為有人相信它的存在是必要的，並加以奉祀之故。

「住在都會的平安時代怨靈，仔細想想，實在很超現實。」

「京都也差不多啊。」

黃金在喃喃嘀咕的良彥腳邊抽了抽鼻子。

「要論戰死的人數，京都絕非江戶所能相提並論。死人的靈魂到處都有，只是你看不見而已。你瞧，那兒就有一個，那兒也有。」

「喂，黃金！有些事情還是不知道比較好！」

「還有那根電線桿後方、電燈底下、對面……」

說到這裡，良彥連忙抓住黃金的鼻口，堵住祂的嘴。他不該提起這個話題的。

「良彥。」

「祢還沒說夠嗎？」

「你看那邊。」

黃金用鼻頭示意車道的另一頭，良彥轉過視線，只見等候紅綠燈的人群背後，有許多行人在步道上來來去去，其中有個身穿淡紅色和服的女性。白色的扇形花樣浮現於夜色之中。

「那個人……」

那是今早在超商前看見的女性。她在人群之中慢慢前進，步履蹣跚，神情有些恍惚。此時，良彥的耳邊隱約傳來她身上的鈴鐺聲。清澈的音色猶如一陣涼風，穿過雜音充斥的街道。

「這麼一提，那個花飾……」

良彥想起和鈴鐺繫在一起的花飾，歪頭納悶。他好像在哪裡看過同樣的東西。

「我今天早上也想過這個問題，你看得見她？」

鼻口終於被放開的黃金抖動身體，抽了抽鼻子。良彥不解其意，皺起眉頭。

「這還用問……我當然看得見啊。而且，那不就是那位大哥在找的人嗎？」

「那就是她有意讓你看見。不，該說她是故意現形給所有可能相救的人看見吧。」

「咦？什麼？什麼意思？」

車道的燈號由綠色轉為黃色，隨即又變成紅色，而斑馬線的燈號則在同時轉為綠色。良彥周圍的行人一起邁開了腳步。

「那個女人是死人。」

黃金若無其事地說道，良彥感覺到自己的背上冒起雞皮疙瘩。

「死、死人……」

良彥想要追問是什麼意思，卻說不出話來，倒抽一口氣。黃金瞥了他一眼，繼續說道：

「大概是懷著某種強烈的意念，四處徘徊，卻又為這股意念所囚，失去了神智。話說回來，跟一個死人談神智也挺可笑的。」

「……真的假的？」

今早黃金就發現了嗎？當時，良彥確實在近距離看見那個女人，卻絲毫沒感到任何不對勁。良彥把視線移向馬路彼端，想再看一次，但是人潮化成牆壁，他的視線無法捕捉對方的身影。鈴鐺聲已經聽不見了。

「這麼說來，那個大哥看得見幽靈……？」

良彥想起那人曾說，和服女性每次見到他都會低頭致意，想必他把對方當成普通人吧。那個男人明明擁有比常人加倍敏感的靈異體質，卻不信鬼神之說，才會產生這種奇妙的誤會。

「可是仔細一想，那個幽靈會低頭致意，不就代表她認識那個大哥嗎……？」

斑馬線的燈號開始閃爍。良彥呆立原地，歪頭納悶。男性說他以為對方認錯人，換句話說，他不認識她，也不記得曾發生任何令她低頭致意的事。既然如此，為何每次見面，她都會低下頭來？

「或許她不是向那個男人低頭。」

融入都會夜色的黃綠色眼眸看向良彥。

「什麼意思？」

良彥反問，今早的記憶在腦海中甦醒。

沒錯，他自己不也看見了？

——站在男性身後的武者。

四

女人作了一個夢。

她不知道那是多久以前的事。在陽間與陰間的狹縫飄盪的意識，早已變得混濁不清。女人反覆夢見的，似乎是她最為幸福的光景。

——老爺，將門老爺，我發現一個有趣的玩意兒。

剛認識丈夫時，他總是目光如炬、神色緊張，連在家中也不曾放鬆戒備，每天派人檢查食物與水中有無下毒。他與骨肉至親一再相殘，連兄弟都信不過，也難怪他變得如此疑神疑鬼。

——是和我同名的花飾。

這樣的丈夫是從什麼時候開始展露笑容的？當他枕著自己的膝蓋，投以溫柔的眼神，共賞季節的變化時，女人打從心底感受到深深的愛憐。

她想和這個人長相廝守。

——這兩個花飾一個給將門老爺，一個給我。請把它當成護身符，留在身邊。

她完全沒料到這會成為最後的對話。

「信上寫的只是些日常瑣事……沒想到竟然因此暴露您的行蹤……」

女人宛若大夢初醒般停下腳步，手腕上的鈴鐺叮叮噹噹作響。她的話語不曾停駐於任何人耳中，就這麼消失在都會的人潮裡。

「……原諒我，請原諒我。」

從前一同分享的花飾，在女人的手腕上搖晃。

「我絲毫沒有背叛您的意思……」

女人唸唸有詞地說道，再度邁開腳步，追尋昔日所愛之人的身影。

廾

良彥在晚上聯絡男性，約好隔天早上八點在日比谷公園見面。為了避免孝太郎追問，良彥打算趁他睡覺時把事情解決。約定時間稍嫌過早，但是當良彥表示有關於和服女性之事相告，男性雖然感到詫異，但仍同意了。

「現在才擔心他追問，未免太遲了。在你又打一次電話詢問那件事的時候，便已經引起他的懷疑。」

星期六的日比谷公園裡有許多慢跑、做體操或遛狗的人，比良彥想像中的更為熱鬧。公園相當寬敞，因此良彥先透過入口處的地圖確認現在的位置，才前往男性指定的地點。

「不要緊，我打那通電話的時候，孝太郎已經喝醉了，不會放在心上的。」

在同學會期間再次打電話叨擾，良彥也覺得過意不去，不過，對於良彥而言，神職人員齊聚一堂的場合是絕佳的機會。遇見那個女鬼以後，良彥便前往奉祀將門的神社，查證將門與她的關係。然而，關門時間已過，良彥不得其門而入，便想起了孝太郎的同學會。或許其中也有在將門的神社奉職的神職人員。

「妳是不是認錯人了？」

來到約定地點附近，良彥聽見了這道聲音，連忙加快腳步。

「我不記得妳對我做過任何需要道歉的事。」

池畔的涼亭裡，男性困惑地如此說道。今天是假日，他穿的不是西裝，而是黑色長褲、剪裁上衣加夾克的休閒裝扮。

「原諒我，請原諒我。」

男性的視線前端是那個身穿和服的女性。

「我絲毫沒有背叛您的意思。」

女性的眼神空洞，不斷重複這句話。她手上依然戴著鈴鐺與紫色花飾。

「她不是在跟你道歉。」

面對無法溝通的女性，男性一臉困惑，直到良彥開口，他才如釋重負地回過頭來。

「啊，萩原。」

「早安。對不起，一大早就約你出來。」

「不，沒關係……」

女性又說了句「原諒我」，打斷男性的話語。看來她的心裡只剩下這件事。
「她是在向你身後的人道歉。」
良彥的視線從死後依然在陽間徘徊的女人身上，移向男性身後的武者。
「祢應該也發現了吧？」
良彥詢問，將門的肩膀微微震動。
「祢雖然發現了，卻一直裝作不知情……對吧？」
刀柄前端的褪色花飾搖晃著。
「我身後的人？」
看不見將門的男性困惑地喃喃說道。他的靈異體質只能讓他看到一般女鬼，似乎不足以讓他看見成神的將門。
良彥望著將門的長刀。長刀上的花飾和女性幽靈手腕上的顯然是同一種，都是星形的紫色花朵。
「她的名字叫桔梗。」
聽見這個名字，將門顯然動搖了。祂撇開視線、咬緊牙關，撫摸脖子上的傷痕。
「是祢的側室，對吧？」

一直輕喃著「原諒我」的女性突然閉上嘴，眼神呆滯地凝視天空。

「祢長刀上的花飾和她手腕上的花飾，雖然褪色了，卻是同樣的東西。黃金告訴我，那種花叫桔梗，後來我就去調查祢和『桔梗』的關係。」

幸虧孝太郎的同學之中，也有在將門的神社裡奉職的神職人員。當良彥問起將門與桔梗的相關事蹟時，他立刻給了答案。他先聲明這只是傳說，並非正式文獻上的紀錄，接著便告訴良彥，將門有個側室名叫桔梗，而祂即是死在這名側室的背叛之下。這場悲劇至今仍被傳誦著。

「我就覺得奇怪，為什麼祢對這個人的妹妹如此執著？為什麼硬要破壞人家兄妹的感情？為什麼不直接攻擊妹妹？」

聽了良彥的話語，將門下意識地倒抽一口氣，搖了搖頭。

「……別說了。」

「討伐祢的是平貞盛和藤原秀鄉，為什麼祢只恨藤原？」

「別說了！」

將門叫道。聽見這道喊聲，女人呆滯的視線緩緩地捕捉了祂。

良彥一瞬間感到遲疑，不知道該不該繼續說下去。然而，若不趁這個機會喚醒將門，良彥便無法保護無端遭殃的男性。

「祢之所以憎恨藤原，之所以憎恨兄妹……」

桔梗的傳說之所以被稱為悲劇，並不單單只是因為側室背叛而已。

「是因為桔梗就是藤原秀鄉的妹妹。」

「將門老爺，您老是這樣板著臉，會犯頭疼的。吃飯的時候，暫且忘記打仗的事吧。」

與原本該攜手合作的親人為敵，過著心靈沒有片刻安寧的日子——面對這樣的將門，桔梗大剌剌地說出這番話。就某種意義而言，她是個很有膽識的女人。

「飯菜沒被下毒，我全程盯著呢。順道一提，那些醃瓜是我切的。」

瞧桔梗一臉得意，將門便夾起一塊試試，只見醃瓜的皮全連在一起，整條都被夾了起來。

「咦？哎呀，我明明切斷啦！」

她面紅耳赤、手忙腳亂，隨即又以「人有失手，馬有亂蹄」為自己開脫。她的表情千變萬化，沒有片刻相同，令將門百看不厭。無論是生氣的面容或悲傷的面容，將門都喜歡，不過最為美麗的，還是她的笑容。

在她的閨房裡度過的時光越來越長，和她談心的次數也越來越多。無論是歡笑或發牢騷的時候，身旁都有她為伴。只有在她的膝上睡覺時，將門才不會作燒死伯父的夢。

不知不覺間，將門開始祈禱這樣的日子可以永遠持續下去。

「將門老爺，我發現一個有趣的玩意兒。是和我同名的花飾。」

當時，桔梗像個孩子一樣興高采烈地展示花飾。

「一個給將門老爺，一個給我。請把它當成護身符，留在身邊。」

她硬是把花飾綁在長刀的刀柄上，再度露出洋洋得意的表情。將門嘴上埋怨長刀上綁著這種玩意兒成何體統，卻沒有將它拿下。後來，戰爭就這麼開始了——

「——你怎麼會知道這個地方！」

為了不被呼嘯的風聲蓋過，將門大聲嘶吼，喉嚨頓感疼痛。對上長於計略的秀鄉聯軍，能夠占得上風處固然幸運，但他的兵力只剩下四百左右了。

「怎麼能夠如此精準地攻打某的陣地！」

雙方陣地放出的箭矢如同雨水般不斷落下。

對於這些問題，馬上的秀鄉閉口不語，凝視著將門。

「你不回答，某也知道！你和桔梗暗中串通！」

親口說出這句話，伴隨著身中利刃般的痛楚。不，這種痛楚更勝於利刃，是種他從未嘗過的椎心之痛。

「否則，你不可能這麼快就找上這裡！」

以背叛的形式同時失去朋友與心愛的人——將門沒想到這種事會發生在自己身上。在幾欲發狂的慟哭中，將門陷入真正的孤獨。他在腦海深處自嘲，這種末路正適合連對親人都可以痛下殺手的自己。

同時，他也得知一件事。

自己仍然信賴著他人，才會因為受到背叛而哀傷。

即使他早已化為修羅——

「……沒錯，某正是死在這個女人的背叛之下。某讓兵士紮營歇息的地點只有當地人才找得到。曾經聽某提過此事，而且能向敵方通風報信卻不被懷疑的……只有桔梗……」

將門緊握幾乎發抖的拳頭，擠出聲音說道。長久以來一直逃避的現實就擺在眼前，祂已經不能視而不見，不能假裝沒發現。正視為了請求原諒而徘徊人世的死人的時刻終於到來。

「妳為什麼背叛某？桔梗！」

將門的雙眼帶著憎惡的光芒，壓抑著長年的情感，質問祂曾經愛過的女人。

「為什麼把紫營的地點告訴秀鄉！」

然而，女人只是茫然凝視著祂，毫無反應。

「妳知道某有多麼悔恨嗎？某被妳和秀鄉玩弄於股掌間的模樣，想必很滑稽吧！你們兄妹倆可有一起嘲笑某！」

將門逼近桔梗，滔滔不絕地說道。

「妳看看脖子上這道傷痕！這就是妳期望的結果吧？恭喜妳，一切如妳所願，全照著你們兄妹倆的劇本進行！」

「將門……」

將門的語氣變得越來越激動，良彥猶豫著該不該阻止祂。只有當事人才能體會的齟齬橫亙於他們之間。

「妳現在才跑出來做什麼？纏著某求某原諒，又有什麼用？」

「將門。」

「還是妳已經淪落成只會說『原諒我』的妖怪？」

「將門！」

「要某一筆勾銷，就還某命來！還某一條新的性命！屆時，某便會將你們藤原氏斬草除根，一個也不留！」

「將門，別說了！」

良彥繞到幾乎快揪住桔梗的將門正前方，抓住祂的肩膀，將祂推回原位。不過，良彥無法直視祂的臉，悄悄地垂下眼睛。

「別說了……」

宣洩了千年積恨的將門淚流滿面，卻毫無自覺。活在現代的良彥不知道歷史的真相，不過，他稍微能體會將門臨死前嘗到的絕望滋味。在那個動盪不安的時代，背叛也是一種戰法，祂應該比誰都更加清楚。然而，祂的恨意卻如此強烈，正是因為祂曾經信賴過對方，曾經擁有名為愛情的精神寄託之故。

良彥暗自咬緊牙關。雖然他已經做好覺悟，但是這段必須挖掘的往事實在令人難受。

「……可是，你沒有證據吧？」

黃金在目瞪口呆的男性腳邊凝視著他們。昨晚，孝太郎的同學提到的只有桔梗的傳說，至於桔梗是否真的背叛將門、向她哥哥通風報信，並沒有任何足以佐證的書信。

「祢怎麼能夠斷定？或許她並沒有背叛祢的意思，只是最後演變成這種結果而已！」

將門幾乎是貼著良彥，怒視忍不住出言辯解的他。

「那麼，為何桔梗仍在陽間徘徊？為何求某原諒？不就是為了消除背叛的罪惡感嗎？」

「或許她只是希望祢聽她解釋！只是想說出祢不知道的內情而已！」

「事到如今，還有什麼好說的！一個只會重複同樣話語的亡靈，還有什麼好說的！」

「祢自己還不是……」

祢自己還不是不敢面對，一直逃避——這句話被良彥硬生生地吞回去。他覺得自己沒有資格責備懷著怨恨被奉祀了千餘年的將門。

「……了。」

閉口不語的良彥耳邊，突然傳來一道微弱的聲音。

「別說了。」

這回聲音變得很清晰，同時，一道纖柔的身影插進良彥與將門之間。

「桔梗小姐？」

桔梗推開訝異的良彥，攤開雙手站在將門面前，宛若在保護祂，空洞的雙眼望著良彥。

「我會保護老爺的。」

沒有抑揚頓挫的平板聲音與請求原諒時的聲調並無二致，表情也絲毫未變，根本看不出是在注視哪個方向。然而，良彥卻為桔梗的目光所懾，退後了好幾步。不知何故，明知她是已經失去神智的死人，良彥卻感受到一股強烈的意志。

「桔梗……」

將門困惑地呼喚挺身保護自己的她。然而，她沒有回答，視線也沒有離開她認定想對將門不利的良彥身上，反倒是手腕上的鈴鐺微微作響。和將門長刀上的裝飾相同的花飾，在鈴鐺旁邊搖晃著，見狀，將門彷彿在忍耐痛苦般皺起眉頭。

「……這種鬼東西……」

將門抓住長刀上的花飾，恨恨地說道。

「這種鬼東西早該丟了……」

可是，祂卻做不到。為什麼？心中雖然怨恨，卻硬不下心腸，為什麼？明明滿懷遭人背叛的恨意，卻裝作沒看見前來請求原諒的她，又是為什麼？

「桔梗，告訴某……」

將門抓住桔梗的肩膀，硬生生地將她轉向自己。

「妳真的背叛了某嗎？」

祂的聲音似乎在期待對方否認。

「妳真的寫了信給秀鄉？」

將門望著桔梗呆滯的面容。然而，桔梗什麼也沒說，只是茫然仰望將門的臉龐。

「要那個女人說明真相，是強人所難。她是無人奉祀的凡人，又死去上千年，早已失去自我。光是在陽間現身，已經很不容易了。」

黃金委婉制止逼問桔梗的將門。仔細想想，這千年來，桔梗一直沒有前往幽冥，而是持續地請求將門原諒她。

「……我不知道真相是什麼。」

看著千年前相愛的將門與桔梗，良彥喃喃說道。

「或許真的是桔梗小姐通風報信，或許桔梗小姐也是被人利用，又或許只是巧合。」

現在已經無從查證，真相只有當事人知道。

「不過，當我看見桔梗小姐立即挺身而出保護將門時，我在想……」

良彥望著兩人，微微一笑。

「啊，這個人是真的很喜歡將門。」

——老爺。

——我會保護老爺的。

「因為她都已經變成這副模樣，卻還是想保護祢，對吧？」

將門睜大的雙眼再度落下透明的水滴，抓著桔梗肩膀的手在顫抖。戰敗令祂懊惱，壯志未酬令祂悲傷，祂也曾因為受到背叛而怨天尤人，不過，讓祂受傷最深的卻是——

或許從前的相愛也只是虛情假意的絕望。

「……呃，可以打擾一下嗎？」

打從一開始就在場，卻一直被晾在一旁的男性戰戰兢兢地舉起手來，呼喚良彥。

「我不知道你在幹什麼，不過聽你提到將門和桔梗，是桔梗傳說嗎？你是不是在排戲啊？你是演員？」

男性產生了奇蹟式的誤會，訝異地歪著頭，他應該沒料到良彥正在為了他說服將門吧。

「你知道桔梗傳說？」

良彥一面暗想待會兒得設法向他解釋一面詢問。這個傳說在關東地方果然很有名嗎？

「嗯，不是很清楚就是了。好像是將門被側室背叛的故事……」

男性盤起手臂回憶，繼續說道。

「我記得那個側室在將門死後不久就投水身亡。」

聞言，將門不禁屏住呼吸。

「投水……？」

將門呆然說道，良彥將視線轉向祂。

「祢不知道嗎？」

投水即是跳入水中自殺之意。良彥從孝太郎的同學口中聽聞這件事以後，覺得這種死法不像是一個與哥哥共謀陷害將門的側室應有的末路。當然，這也可以解釋為她承受不了良心的苛責，但既然她苦惱到投水自盡的地步，代表她對將門懷有令她苦惱至此的深厚感情。

「……說來不知是幸或不幸，從前的記憶變得越來越模糊。除了靠憎恨留住的記憶以外，某幾乎都想不起來……」

將門吐露這番話時的聲音毫無霸氣，與在神社見面時豪爽大笑的祂判若兩人。不過，或許這才是本來的祂。雖然祂現在被奉祀為神祇，但又有多少人知道化為怨靈之前的祂呢？

「爾居然做出這種傻事，桔梗……」

將門的淚水再度盈眶，沿著臉頰滑至下巴，滴落地面。

「像爾如此美麗的女性，多的是搶著要娶爾的男人。」

將門試著微笑，但笑不出來。祂抱住桔梗，忍著嗚咽。良彥把視線從兩人身上移開。若是更早一點……如果他們更早一點重逢，或許將門被奉祀為神的這些年，心靈就會平靜許多。

「……好可憐。」

不久後，桔梗在將門懷裡喃喃說道。

「老爺好可憐。」

將門縮回身子，桔梗筆直地凝視祂的臉龐，並慢慢伸出手來替祂拭淚。

「傷口還疼嗎？」

「傷口？」

「脖子上這道可憐的傷痕。」

桔梗用白皙纖細的手觸摸將門的脖子。將門動了動嘴唇，似乎想說什麼，但終究沒有成聲，只是微微一笑。接著，祂輕輕握住桔梗撫摸他脖子的手。

「不要緊。」

每次想起藤原，這道傷痕便會帶來照理說已經感受不到的痛楚。祂原本以為這個不光彩的記號在祂報仇雪恨之前都不會消失。

「已經不疼了。」

這一瞬間，桔梗的眼睛似乎恢復了光芒。

⛩

將門表示想親自弔祭桔梗，在宣之言書留下行軍打仗不可或缺的馬形朱印。

「差使兄，拜託爾果然是正確的。」

將門抱著桔梗的肩膀臨去前，說了這句話。

「某大概是希望爾能夠揭穿這滿腔恨意的真正根源吧。」

良彥察覺將門脖子上的傷痕，已從血淋淋的紅色轉變為平和一些的褐色。

「替某轉告那個男人，好好珍惜妹妹。他的愛比常人加倍深厚，卻有些棘手。」

將門道出了長年從旁觀察男性——雖然是作祟對象——的感想，面露苦笑。

「我會轉告他的。」

關於棘手這一點，良彥也有同感。良彥瞥了仍然一頭霧水的男性一眼，點了點頭。

「祢好好送桔梗小姐一程吧。」

「嗯。」

將門堅定地點了點頭，伴著桔梗，逐漸散發出光芒，融入空氣裡消失無蹤。

「……剛、剛才的光芒是什麼……？」

被突如其來的光芒覆蓋臉龐的男性，有些興奮地追問良彥。

「你是怎麼做到的？有什麼機關？那個穿和服的女性消失了耶！」

「啊，不，那不是機關……」

這個人到底有幾分認真？良彥一面應付他一面思索。良彥有時懷疑，這人是不是故意裝傻？因為他老是做出這種奇蹟式的誤解。

「話說回來，原來你是個演員啊，我現在才知道。啊，這麼說來，那個女性也是演員囉？我應該跟她要簽名的……」

男性盤起手臂嘀咕著。都到了這個節骨眼，或許索性當成是演員比較省事。這麼說似乎有點絕情，但反正就要回京都了，若是良彥無意與他繼續往來，以後一輩子都可以不再見面。

「好好珍惜你的妹妹。」

不過，受人之託，忠人之事。良彥開口說道：

「這是剛才那個女人的老公要我代祂向你轉達的。」

「咦？她老公也來了？」

「啊，對。應該說她老公二十四小時都在你的身後……」

「啊，找到你了，良彥！」

正當良彥含糊其詞時，後方突然傳來熟悉的聲音。良彥不禁倒抽一口氣。

「咦……孝太郎！你怎麼會跑來這裡？」

在沿著池塘打造的步道上悠然走來的，正是良彥的好友。這裡離飯店雖然不遠，但也不是隨興漫步便會走到的距離。

「你還好意思問我？我都打幾次電話給你了？」

「咦？啊，對不起，我剛才有點忙……」

良彥連忙從牛仔褲口袋中拿出手機。仔細一看，孝太郎的來電通知已經累積了十通。

「我還在想，你怎麼這麼早起？你跟櫃台問過日比谷公園怎麼走，對吧？」

「你怎麼知道！」

「那間飯店是我朋友的父母開的。」

孝太郎面有得色，良彥不禁咬牙切齒。居然隨便洩漏個人隱私。虧他還那麼小心翼翼地出門，以免被孝太郎發現。

「早上要散步也邀一下嘛——我本來想這麼說……怎麼？你們這對冤家已經碰頭啦？」

孝太郎把手插進夾克口袋中，露出興味盎然的表情。

「冤家？什麼意思？」

良彥不解其意，歪頭納悶。他身旁的男性猛省過來，目不轉睛地凝視良彥。

「萩原……原來如此，萩原良彥！」

聽見男性高聲呼喚自己的全名，良彥困惑地應了一聲。到底有什麼好驚訝的？

良彥的頭上冒出問號，對方卻與他正好相反，臉色大變、怒氣畢露地瞪著他。不知是不是良彥多心，男性的周圍開始飄盪著充滿憎惡的可怕氣息。

「你就是萩原良彥！」

男性再度貼著良彥大叫，良彥這回可真的陷入混亂。他不記得自己做過任何足以被怒吼的事，也不記得自己得罪過這名男性。

「我不是說過要帶你去一個地方，叫你把時間空下來嗎？」

孝太郎一面安撫激動的男性，一面悠哉說道。

「你是說過……」

「我就是想介紹他給你認識。是他拜託我帶你來東京的。」

「介紹他給我認識……？」

良彥喃喃說道，視線滑向身邊。剛才的理智沉穩氛圍已蕩然無存，眼前的男性化為即將撲向獵物的凶暴猛獸。

「良彥，你問過這個人的名字嗎？」

「啊，這麼一提，他有給我名片……我記得是……」

「吉田。」男性用帶刺的聲音打斷良彥的話語，「吉田怜司！」

「對，吉田先生。」

良彥說道，突然又歪頭納悶起來。這個姓氏他好像在哪裡聽過。

「怜司大哥考上大學以後就搬離家中，後來直接在東京的旅行社工作。不過，他是我們大主神社宮司如假包換的長男。」

孝太郎特地伸出手來介紹，並替良彥詳盡地解說。

「換句話說，就是穗乃香的哥哥。」

「……哥哥？」

在秋高氣爽的天空之下，思緒隔了數秒才跟上的良彥驚訝地大叫。黃金遠遠望著這一幕，打了個呵欠。

要點

神明講座 1

告訴我怨靈信仰的相關知識！

奈良時代末期至平安時代期間，有些人因為爭奪皇位或政爭而死於非命。人們認為他們的「作祟」引發了各種災厄，因此朝廷便於八六三年，在京都神泉苑舉辦了首次的御靈會。

會中奉祀了被冠上暗殺高官的罪名氣憤而死的早良親王等六神，以樂舞撫慰祂們的靈魂，並誦讀般若經等經文。據說這件事在儀式層面上，也成了「神佛習合」（註1）更加深化的重要因素之一。由於御靈會允許百姓參觀，人們對於平時無緣得見的技藝大為狂熱，並深信這股力量能夠撫慰靈魂。

除了平將門以外，菅原道真也是
御靈信仰的代表性神明之一。
一想起祂們的悲慘死法，想對祂們做的
反而不是許願，而是慰問了。

註1：將日本本土的信仰和佛教折衷，再混合形成一個信仰系統。一般是指日本神道和佛教合一的現象。

二尊　神明與兄妹

一

『神社裡有人家送的點心，放學後過來一趟。』

穗乃香搭上電車以後，才看見父親傳來的這封簡訊。他們這對正值青春期的女兒與父親的感情，比一般家庭的父女來得好。小時候，穗乃香尚未適應天眼，為此困惑不已，正是因為有父親的循循善誘，才能過上普通的生活。

穗乃香在最近的車站下了電車，直接前往神社。穿越朱紅色鳥居之後，她便看見在手水舍前打掃的父親。

「妳回來啦～」

父親一察覺女兒到來，便主動打招呼。刻意用略微起伏的滑稽聲調說話，是父親從前就有的習慣。

「我回來了……真難得，這個時間居然是爸爸在打掃。」

每次在這個時段來神社，穗乃香總是看見孝太郎在打掃；偶爾，良彥和黃金會前來造訪，在此與孝太郎閒聊。這對穗乃香而言，是少數能夠替她的心靈帶來寧靜的光景。

「因為今天藤波不在，他去東京參加大學同學會。」

「同學會……」

穗乃香輕聲說道，又沉默下來。「東京」二字令她的心中一陣騷然。

「萩原家的孩子好像也一起去了，他們應該會在東京觀光以後才回來吧。」

父親並未察覺穗乃香的心思，繼續擺動掃帚。

「說不定也會和怜司見面呢。」

聞言，穗乃香忍不住抬起頭來。

「……藤波先生和哥哥認識嗎……？」

穗乃香和哥哥的年紀相差整整一輪，當她上小學時，哥哥正好為了讀大學而前往東京。如果他和孝太郎相識，或許是在去了東京以後。

「應該是小時候就認識了吧。怜司這陣子好像常常和孝太郎聯絡，卻完全不回家。」

父親困擾地笑了。上東京以後，哥哥回家的次數寥寥無幾，而且都是當天來回，從不在家中久留。小時候，穗乃香也常寫信，但哥哥平均五封信才會回上一封，後來漸漸地連一封也不回了。穗乃香剛買手機的頭一天，曾經傳簡訊給他，同樣沒有回音。從前哥哥和父親似乎偶爾會聯絡，可是這兩年來音訊全無，如今，他和穗乃香已經完全沒有交流。正因為如此，哥哥雖然是家人，卻是最為遙遠的存在。或許是出於這個緣故，穗乃香覺得自己就和獨生女差不多。她是在幾乎不知手足之情為何物的狀態下長大的。

「……爸爸。」

穗乃香對著身穿袴裝的父親背影呼喚。

——哥哥是不是討厭我？

這句話湧上喉頭，但是終究沒有成聲，又被穗乃香吞回去。

「怎麼了？」

一思及這個問題必然會令父親困擾，穗乃香便說不出口。由於她擁有異於常人的能力，平時已給父母增添許多負擔，想必哥哥也是因為厭棄這樣的她，才藉上大學之便搬出去住的。

「……沒什麼。」

穗乃香搖了搖頭，拿起手邊的畚箕接收父親聚集起來的垃圾。

「好，來喝杯茶吧。」

父親催促穗乃香，走上通往社務所方向的石階。穗乃香微微地嘆了口氣，仰望變淡的天空。

⛩

妹妹是在怜司小學六年級時出生的。怜司很高興多了個妹妹，要說他是最期待母親生產的人也不為過。在病房初次見到剛出生的妹妹時，她毫不遲疑地握住怜司伸出的手指，這一瞬間，便決定了怜司溺愛妹妹的命運。

然而，妹妹快滿一歲時，不可思議的行動變得顯著。她常盯著空無一物的地方，或是指著空中發笑，次數遠比同齡幼兒的類似行為更多，反應也更為明確。怜司從父母的對話片段得知，這代表妹妹可能擁有名為「天眼」的能力，可以看見常人看不見的事物。隨著妹妹逐漸長大，擁有天眼之事已然無庸置疑，而她與周遭之間也開始產生隔閡。

那個屋頂上有一條白色的大蛇。

雖然是白色的，可是會發出銀光，好漂亮喔！

牠長得很慈祥。牠說牠是在保護那個家。

……可是，大家都說沒看見。

……大家都說我說謊……

面對一臉悲傷的妹妹，怜司不知該如何安慰她。而且，妹妹的事隨即在鄰里之間傳開了。

——你妹老是看著奇怪的地方唸唸有詞。

——是不是想引起別人的注意啊？鐵定是缺乏關愛。

——怜司，辛苦你了。你也知道，穗乃香……和一般人不太一樣，對吧？

——神社的孩子是不是有什麼宿命啊？

對於疼愛妹妹的怜司而言，同學們的調侃和大人們口無遮攔的話語，全都不值得放在心上。但是某一天，這些話語卻造成決定性的影響。

「對不起。」

幼小的穗乃香說出這句話的身影，至今仍烙印在腦海裡揮之不去。

至少，這已經足夠讓怜司以就讀大學為由，離開她的身邊。

⛩

「……我覺得頭好暈……」

良彥一行人走進日比谷公園附近的咖啡館，享用遲來的早餐。剛才怜司抓著良彥的胸口用力搖晃，那種感覺至今仍未消除。

「搖個幾下就頭暈，身體未免太虛了吧！死尼特。」

從以前就和孝太郎保持聯絡的怜司，得知穗乃香最近和一個名叫萩原良彥的男人走得很近，立即將良彥視為敵人。在孝太郎的勸阻下，怜司好不容易才放開良彥，現在則是從對面的座位上，對良彥投以幾欲刺穿他的視線。

「我不是尼特族，是打工族！」

「意思還不是差不多！」

「完全不一樣！我有工作！」

良彥坐在送來的早餐套餐之前，嚴正地予以否定。

「不管你是尼特族還是打工族都不重要。聽好了，以後不准你再接近穗乃香！」

怜司捶了桌子一拳，餐具互相撞擊發出聲響。見到他這般氣勢，良彥不禁往後縮。怜司如此不講理，其實良彥根本用不著向他卑躬屈膝，但是面對他散發的強烈熱量，不禁有些畏怯。

「哎呀，我知道怜司大哥很溺愛妹妹，但沒想到嚴重成這樣。」

孝太郎省去引見兩人的功夫，心滿意足地啜飲咖啡。孝太郎是在大學時代透過學長與怜司在東京相識的，當他確定要在大主神社奉職之後，怜司便拜託他定期轉達妹妹的近況。這次的東京行也一樣，孝太郎要參加同學會固然是真，但其實是怜司出錢，要孝太郎帶良彥過來。換句話說，良彥的旅費並非孝太郎自掏腰包，而是由怜司買單。

「話說回來，你到底是怎麼跟怜司大哥描述我的？我跟穗乃香明明只是普通朋友而已！」

良彥滿懷怨恨地望著坐在怜司身旁的好友。他該不會跟怜司胡說八道吧？

「是啊，所以我也只是跟他說『穗乃香交了一個二十五歲的打工族朋友』。」

「你不能換個說法嗎！」

「藤波只是實話實說，有什麼地方礙著你了嗎？還是，你要說你們的關係不只是如此？」

怜司對良彥投以冰點以下的視線，幾乎令良彥產生看見北極熊的幻覺。良彥撇開視線回答：「不，他說得沒錯。」聽聞有個年紀大了八歲的打工族男人纏著高中生的妹妹，也難怪怜司會擔心。良彥雖然能夠體會他的心情，可是，那種看著廚餘般的眼神未免太過分了吧？

「穗乃香真的只是普通朋友……」

就算他們的關係其實不只如此，要是坦白說出來，他八成無法活著回去。替將門辦理差事時，良彥還以為怜司是個理性的紳士，沒想到他的態度居然不變至此。話說回來，當他說出想合法持槍的時候，良彥就覺得他有點危險了。

「……《偶像戰隊愛情保衛戰ＮＥＯ！》又是怎麼回事……」

良彥在口中嘀咕。聽怜司說妹妹在收看這個節目，良彥還以為是小學生。他很難想像穗乃香會對這種節目有興趣，莫非她真的定時收看？

「我也不是隨隨便便就把你給賣了。」

見良彥一臉不悅，孝太郎放下咖啡杯，疲倦地嘆了口氣。光聽他隨口說出「把人給賣了」，就知道這個好友有多黑心。

「我也跟怜司大哥說過，你是我的朋友，請他放心，可是他叫我監視你，別讓你接近穗乃香，而我拒絕了，因為我不想過度干涉你們。」

聞言，良彥五味雜陳地望著好友。他還以為孝太郎對怜司唯命是從，原來並非如此。

「然後怜司大哥就叫我帶你來，說要當面警告你。可是，以你的財力，東京哪是說去就能去的？再說我帶你來也得花錢，所以怜司大哥就說要幫我出車資……」

「你果然把我給賣了！」

良彥捶了桌子一拳。孝太郎還故意安排在同學會期間，真是精打細算。

「怜司大哥也真是的。既然你那麼擔心，別叫孝太郎偵查，自己常回家不就得了……」

良彥撇開視線，使出一記輕刺拳。瞬間，他的下巴便隔著桌子被抓住。

「要是可以，我早就這麼做了！」

怜司貼著良彥怒目相視，良彥不禁屏住呼吸。是修羅，這是修羅的臉。

「我現在已經不能像以前那樣，跟穗乃香有說有笑！」

「為、為什麼？」

「關你屁事！」

孝太郎一面啃吐司，一面看著兩人你來我往。在他的正前方，黃金正從良彥的盤子裡偷拿切成瓣狀的柳橙。

「只要你還抓著我的下巴，就跟我有關！」

「閉嘴，死尼特！少管別人的家務事！」

「良彥，這對兄妹可是有很深很深的隱情。」

孝太郎好整以暇地從旁插嘴，安撫聲音變得越來越大的兩人。

「藤波！」

「至少把可以說的部分說出來，不然這小子不會服氣的。」

孝太郎冷靜地說道。怜司恨恨地瞪著良彥，放開了手。

「……什麼隱情？」

良彥一面撫摸解脫的下巴，一面詢問。
「這是別人家的家務事，我不方便細說……」
孝太郎含糊其詞，瞥了怜司一眼。
「……穗乃香懷著普通人無法理解的痛苦，所以必須替她安排容身之處。」
怜司盤起手臂，喃喃說道。看他似乎不願觸及核心，良彥想到一個理由。
「……你說的是不是穗乃香的眼睛？」
良彥低聲詢問，怜司和孝太郎不約而同地瞪大雙眼。
「你已經知道了？」
「啊，嗯，她本人跟我說的。」
良彥困惑地點頭。見良彥一口承認，怜司挑起眉毛。
「她本人跟你說的？該不會是你逼問她的吧！」
「才、才不是咧！是穗乃香主動跟我說的……」
「少騙人！穗乃香幹嘛把祕密告訴你這個來歷不明的渾球！」
「因為我們是朋友！」
良彥半是自暴自棄地大叫。若要說明詳情，就必須說出促成自己和穗乃香相識的差事，但現在孝太郎在場，而且怜司根本不把良彥說的話當一回事，就算說了也沒用。

「孝太郎知道這件事，我才驚訝咧！」

在神社境內遇見穗乃香和一同去水族館時，孝太郎絲毫沒有表現出來。別的不說，光是這個超級現實主義者，居然相信天眼這種能力確實存在，就值得驚嘆了。

「是怜司大哥告訴我的。哎，這種事情我通常是當成鬼扯，不相信的，不過，假如只是要編造理由拜託我告知穗乃香的近況，多的是其他說法吧？這麼一想，或許是真的。自古以來，也有不少文獻提過天眼。」

孝太郎坐在氣呼呼的怜司身旁，依然一派鎮定地啜飲咖啡，繼續說道：

「再說，怜司大哥和穗乃香看起來不像是會撒謊的人。」

對孝太郎而言，天眼是什麼樣的能力、當事人看見了什麼，想必都是無足輕重的小事。只要對方是值得信賴的人，就相信他所說的話——這種邏輯實在很符合孝太郎的作風。

「怜司大哥擔心擁有天眼的穗乃香無法融入社會，所以把繼承老家神社的選項留給她。的確，如果一直留在家裡，穗乃香的壓力應該會比較小吧。」

孝太郎邊將散發著奶油香的歐姆蛋放入口中邊說道。良彥這才明白怜司的苦心，再次把視線轉向敵視自己的他。

確實，穗乃香在學校裡似乎也沒什麼朋友；她對良彥的態度雖然變得柔和一些，可是依然不擅長與人交流。可想而知，以後出了社會，她會更加辛苦。

「所以，怜司大哥才在升大學的同時搬出去住。他也已經向父母聲明，他不會繼承自家的神社。」

良彥微微地皺起眉頭，尋找詞語。

「這件事跟怜司大哥不能和穗乃香有說有笑有什麼關係？再說，要不要繼承神社，是由穗乃香自己決定吧？」

良彥依然搞不清楚狀況。怜司冷冷望著歪頭納悶的良彥。

「我必須扮黑臉，不然穗乃香會覺得內疚，認為是她把我趕出去的。所以我一直極力避免接觸她。我已經不記得上次直接和她交談是幾年前的事了。」

「換句話說，你是故意讓她討厭你……？」

這代表怜司雖然那麼開心地談論著溺愛的妹妹，卻採取完全相反的行動。

「有什麼辦法？我上大學時，穗乃香才六歲，就算向她說明，她也聽不懂。」

「我倒覺得六歲的小女生應該已經多少聽得懂了……話說回來，你現在說明就行了啊。穗乃香已經是高中生，也逐漸接納自己的眼睛，我覺得她能夠理解的。反倒是兄妹互相誤會才不正常——」

「別擺出一副你什麼都懂的樣子！」

怜司抓住良彥的胸口。桌上的餐具發出刺耳的碰撞聲音。

「你什麼也不懂。」

怜司筆直凝視良彥，他的眼睛帶著些許悲傷的色彩。

「在我離家以後，到認識藤波之前，我向許多人打聽過穗乃香的近況，因為我很擔心妹妹。由於天眼的緣故，幼稚園裡的人叫她騙子；上了小學以後，大家覺得她很詭異，總是避著她；無論是遠足或戶外教學，照片裡的她都是孤孤單單的。進入青春期以後，天眼的力量變得更強，害得她頻頻頭暈、貧血，成為保健室的常客，甚至有人謠傳她是故意藉此蹺課。」

壓抑著憤怒的聲音傳入良彥的耳中。

「上國中以後，穗乃香遭到嚴重的霸凌。嫉妒她外貌的女生，把國小時代的謠言加油添醋、四處宣傳，胡謅她曾經咒殺別人之類的。偏偏班導又是個多一事不如少一事的人，所以穗乃香必須獨自忍受這些事……」

怜司那雙閃閃發光的眼睛看起來宛若在哭泣。

「不過，這些事我並不是從穗乃香口中聽來的。爸媽和幫我打聽近況的人，也都不是直接透過穗乃香得知的！全都是在事後聽班上同學或周遭的人說起！你明白這代表什麼意思嗎？」

店員以為他們在爭吵，前來制止，而孝太郎向店員表示沒事。

「穗乃香什麼都沒說……」

初次聽聞穗乃香的遭遇，良彥一句話也說不出來。

「她從不向人提起自己的痛苦或傷心事。她覺得擁有特殊眼睛的自己，已經造成家人的負擔，不能再增添更多麻煩，所以全都默默地吞下去……就連自己的希望和夢想也一樣！她就是這樣的女孩！」

怜司推開良彥，緩緩地吁了口氣，讓自己冷靜下來。

「……如果穗乃香不想繼承神社也沒關係，我只是不想奪走她的選擇權而已。所以我才故意扮黑臉，搬出去住，消除她的顧慮。」

良彥半是茫然地看著怜司。

「我希望她忘記長男的存在……」

怜司靜靜說道，身旁的孝太郎悠然喝著咖啡，他的態度擺明劃出一條「莫管他人家務事」的界線。或許怜司正是看中他這一點，才拜託孝太郎居中聯絡吧。

开

好不容易擺脫了嘮嘮叨叨地叮嚀良彥別再靠近穗乃香的怜司，良彥等人返回飯店，暫且回到各自的房間，為辦理退房做準備。然而，距離回程巴士發車還有一段時間，引見怜司的行程又已經結束，孝太郎便詢問良彥有沒有什麼想去的地方。

「想去的地方啊……」

聽完那番話之後，良彥實在沒有心情出去玩。說歸說，好不容易來東京一趟，完全沒有觀光，似乎太可惜了。

「啊，我根本想不出來。」

「那就去甜點激戰區自由之丘……」

良彥拿出房門磁卡，腳邊的黃金雙眼閃閃發光。良彥察覺祂的神情，板起臉來。

「我才不去。對了，我有事想問祢。」

良彥進入房間，把磁卡插進插槽中，回頭看著黃金。

「祢早就知道怜司大哥是穗乃香的哥哥吧？」

剛才在咖啡館裡，良彥不能明目張膽地詢問，但他一直如此懷疑。黃金的老巢就在大主神社，就算祂認得伶司也不足為奇。

「是啊，那又如何？」

黃金帶著近乎厚顏無恥的泰然表情，一口承認。

「幹嘛不跟我說啊！」

「說了有什麼用？那和將門的差事又沒有關係。」

「對！是沒有關係！但是祢可以稍微提點一下這類小資訊吧？」

「電視上說過，不可以隨便洩漏個人資訊。」

「這是兩碼子事！」

正當良彥如此大叫時，突然察覺房間深處有股氣息而抬起頭來。狹窄的單人房裡擺設簡單，只有一張床鋪和固定在牆上的書桌。雖然有窗戶，但是打開也只能看見隔壁的大樓，因此窗簾通常是拉上的。此時，有個陌生的男人佇立在窗戶前。

「你……是誰……？」

良彥神色一緊，但聲音在中途便失去氣勢。

眼前的男人身穿黑衣黑袴，腳上穿著黑色靴子，胸口的金色波紋看起來十分醒目；腰間配戴著及膝的朱紅色腰飾，邊緣是五彩繽紛的刺繡；一頭長髮束於腦後，肌膚白皙透亮又光滑，雙眼凜然有神、睫毛很長，連見過不少絕世俊男美女的良彥，也不禁望而出神。那是個很適合和服的美男子，與大國主神呈現截然不同的風韻。

「意外的客神上門啦。」

黃金走到良彥前方，與男人面對面。然而，飄盪於祂們之間的並非緊張，而是一種融洽祥和的氣氛。

「有什麼事？經津主神。」

黃金問道，男人突然露出笑容，那是有些疲憊、宛若嘆息的笑容。

「抱歉，我不是有意嚇人。」

形狀優美的嘴唇吐出悅耳的低沉嗓音。經津主神把視線從黃金身上移向良彥，緩步走來。黑色靴子在地毯上無聲地前進。

「經、經津……？」

良彥對黃金投以求助的視線。經津主神是哪裡的神明？至少他不認識。

「好久不見，差使兄。話說回來，爾應該是頭一次看見我的身影。我倒是從爾小時候便常看見爾。」

經津主神走到良彥眼前，微微一笑。

「幸、幸會……」

良彥困惑地低頭致意。從他小時候便認識他，究竟是什麼神明？

「呃……莫非祢就是下一位差事神……？」

神明主動找上門來，只有這個可能性。他一個小時前才剛辦完將門的差事，下一件差事就下來了嗎？良彥連忙從郵差包中拿出宣之言書。

「不，倘若是我，倒還有救。」

經津主神略微困惑地說道，並要良彥打開宣之言書。

「我正巧回到這裡的神社，聽說差使來到關東，便前來請爾相助。我在京都的神社看見爾時，事態尚未變得如此嚴重……」

就良彥所知，神明可以在全國各地奉祀自己的神社之間自由移動。以大國主神為例，祂的根據地是出雲，但由於各地都有奉祀祂的神社，因此祂可以把這些神社當成別院，四處留宿。正因如此，祂常背著大老婆惹出桃色糾紛。

「……發生了什麼事？」

良彥翻開新頁，幾乎同一時間，隨著一道淡淡的光芒，淡墨文字浮現。這樣使喚差使，未免太操勞了吧？

「……呃，建、建御……雷……這怎麼唸？」

不懂正確唸法的良彥，直接把頁面轉向經津主神。經津主神看了頁面一眼，露出五味雜陳的表情，閉上眼睛長嘆一聲。

「……是嗎？大神認為我應該遵從主公的意思嗎？」

「咦？什麼？什麼意思？」

良彥不明白經津主神的反應是什麼意思，邊歪頭納悶，邊重新望向書上文字。為什麼神明的名字總是又長又難唸？

「這唸作『建御雷之男神』。」

黃金代替沉默不語的經津主神唸出名字。

「建御雷？好帥的名字，我好像在電玩裡看過……」

良彥坦白說出感想。名字裡帶個「雷」字，感覺既威風又強大。聽良彥這麼說，黃金歪了歪頭。

「你那麼常去，卻不知道？」

「常去？常去哪裡？」

良彥茫然反問，黃金對他投以啼笑皆非的視線說道：

「建御雷之男神，就是大主神社的主祭神。」

二

建御雷之男神是坐鎮於茨城縣鹿嶋市的神明。天津神要求大國主神禪讓之際，祂與經津主神一同從高天原下凡談判（註6）。由於祂當時與大國主神的兒子比力氣，之後便被視為武神或軍神，受到許許多多的武人崇拜。

「建御雷之男神原本是常陸地方的中臣氏奉祀的氏神。平城京落成之際，便將祂迎請過去奉祀，後來成為今天的春日大社；之後，又從春日大社迎請到大主神社奉祀。」

在飯店辦理退房之後，良彥和孝太郎把行李寄放在東京車站的投幣式置物櫃中，坐上直達鹿嶋的巴士。雖然得顛簸兩小時，但搭電車前往所花費的時間也差不了多少。在陌生的土地

註6：在《古事記》中，建御雷之男神是與天鳥船神一同下凡。

上，有不用轉乘的巴士可直達，著實令人慶幸。

「——話說回來，沒想到你會說想去鹿嶋。」

孝太郎用手肘抵著巴士窗緣，有些傻眼地嘆了口氣。

「我還以為你想在東京觀光，怎麼突然想跑去鹿嶋？」

「不，哎，我平時常去大主神社，趁這個機會去總部打聲招呼也不壞啊。」

良彥說著牽強的藉口，嘿嘿傻笑。隔著通道的對側座椅上，是占據了窗邊座位的黃金，和默默端坐的經津主神。見到宣之言書上出現建御雷之男神的名字之後，祂一直沉著臉。

「……順便問一下，和建御雷之男神一起奉祀的經津主神是什麼樣的神明啊？」

良彥壓低聲音詢問孝太郎。根據黃金所言，經津主神也被奉祀在大主神社的第二殿，難怪祂從小時候就常看見良彥。

「有很多種說法，最普遍的應該是劍神吧，據說祂是將刀劍的威力神格化之後的神明。」

孝太郎的視線滑向車窗外的景色。

「天津神逼迫大國主神禪讓時，派遣建御雷之男神和經津主神下凡，所以這兩尊神常被一起奉祀，祂們的社殿也分別座落在利根川兩岸的近處。奉祀建御雷之男神的鹿島神宮，和奉祀經津主神的香取神宮，自古以來便受到朝廷重視，現在仍然含括在天皇陛下的四方拜當中。」

「四方拜？」

聽到這個陌生的詞彙，良彥忍不住反問。

「就是元旦舉辦的皇室神事。換句話說，祂們是ＶＩＰ。」

孝太郎搬出淺顯易懂的單字，而良彥偷偷瞥了坐在對側座椅上的經津主神一眼。祂是與大國主神直接談判的神明，換句話說，就是祂替日後下凡的天孫邇邇藝命奠定了基礎。邇邇藝命的子孫即是今日的天皇，替天皇奠基的兩神受到皇室重視，也是理所當然。

「……原來祂是這麼了不起的神明啊……」

盤臂垂眼的經津主神依然滿臉愁容，不時微微嘆氣。祂和差事神建御雷之男神是舊識，為何如此憂心忡忡？

抵達鹿島神宮之後，孝太郎表示要去打聲招呼，便獨自前往社務所。孝太郎要良彥趁著這段時間自由參觀神社境內，於是，良彥就在經津主神的邀請下，前往位於本殿後方的奧參道。

「這些樹的樹幹好粗喔。」

筆直延伸的奧參道足足有三百多公尺長，杉樹等大樹矗立於兩側，在廣大的神社境內，感覺格外神聖。

「聽說這片叢林裡有許多南北界的植物混生，對於凡人而言是片寶貴的林地。」

經津主神走在良彥身旁，望著頭頂上的枝葉。

「環抱這樣的森林是神社應有的姿態，但現在這種神社減少許多，主公常為此感嘆。」

未經鋪砌的沙地掃得乾淨又美觀，幾乎不見落葉，不知道是多久掃一次？可以看出這座神社有多麼受到愛惜。

「呃，我第一次聽見祢那麼稱呼的時候就想問了……」

良彥的布鞋鞋底和沙地摩擦，發出沙沙聲。

「祢說的主公就是建御雷之男神嗎？」

建御雷之男神和經津主神是一起向大國主神進行禪讓談判，莫非這兩尊神並非處於對等地位，而是主從關係？

經津主神的表情放鬆，肯定良彥的問題。

「沒錯。建御雷之男神使用的原本是十掬劍（註7），但在東征時將劍傳給了神武。後來，時代流轉，應主公之請，我化為劍神，成了名副其實的劍。現在我以人形侍奉主公，但一有狀況，便會化身為劍。」

「咦……這、這是什麼設定啊！好帥喔！」

良彥忍不住用少年般的眼神凝視眼前的劍神。他還以為變身是遊戲或漫畫的專利，沒想到真實存在。

「說歸說，至今仍未發生過我必須變身的事就是了。」

面對良彥直率的反應，經津主神微微地笑著。

「真正令人敬畏的是持劍的建御雷之男神，疾馳空中、身帶雷電、橫掃千軍、暢行無阻的武神。祂橫跨七山七海，連大國主神也不禁為祂的神威顫慄。」

聞言，良彥想像著大國主神被建御雷之男神持劍追趕的模樣。不管怎麼想，良彥都不覺得大國主神會贏。光是有經津主神化成的劍已經夠厲害了，連雷電都任建御雷之男神使喚，簡直是天下無敵。

「既然大神要差使替這尊武神辦理差事，代表出了什麼事吧？祢特意拜訪差使，可見得問題並不簡單。」

註7：日本神話中登場的劍，由於曾出現在各種場面中，一般認為並非某把劍的名字，而是長劍的泛稱。「掬」是長度單位，意指一個拳頭大小。

以大主神社的攝社為家的黃金，似乎認識經津主神與建御雷之男神。經津主神望著搖晃尾巴前進的方位神，微微地嘆一口氣。

「……坦白說，最近建御雷之男神變得沉默寡言，即使我和祂說話，祂也常不發一語……從前祂會和我閒聊往事，可是，現在似乎連提也不願提起。」

「什麼往事……？」

良彥歪頭納悶。神明的往事不知是多久以前的事？

「都是些無關緊要的事，比如關於鹿的話題，還有我們移居大和時在路上發生的事……」

走在良彥身旁的經津主神突然望向參道左側，良彥也跟著轉頭，發現那裡有塊被柵欄圍起來的土地。仔細一看，裡頭放養了幾隻鹿。

「差使兄，爾知道這座鹿島神宮和奈良的春日大社之間的關係嗎？」

面對這個突如其來的問題，良彥頓時慌了手腳。這麼一提，孝太郎在巴士裡似乎說過。

「呃、呃，我記得是把中臣氏奉為氏神的建御雷之男神迎請到春日大社奉祀，對吧？」

良彥憑著印象回答，應該是這樣沒錯吧？經津主神微微點頭，肯定他的答案。

「沒錯。從這裡被迎請至奈良的都城之際，建御雷之男神帶著凡人和許多神鹿（註8），騎著白鹿出發。」

經津主神說得一本正經，良彥卻險些左耳進、右耳出。

「咦？等等，祂是騎鹿去的？」

「對。」

「不是比喻？」

「對。」

「這代表幾乎是用走的？」

「對。」

隨即回答的肯定答覆，令良彥啞然無語。祂知道從這裡到奈良有多遠嗎？這可不是出去散散步的距離。既然是神明，不能用好一點的移動方法嗎？

「……那、那祂平安抵達了嗎……？」

「當然。當時祂一道帶走的鹿，就是現在春日大社裡那些鹿的祖先。」

「真的假的！那些吃鹿煎餅的鹿，原來有這種血統？」

註8：神社飼養的鹿被視為神的使者。

良彥反問的聲音不由自主地變大。透過學校舉辦的活動，良彥曾經去過奈良幾次，也看過向觀光客索討食物的鹿，但他從未想過為何那裡會有那麼多鹿。

「春日的神鹿變多，但鹿島的神鹿卻在不知不覺間絕跡了。現在這座神社飼養的鹿，是從春日等處轉讓而來。從前主公一直很掛念這件事，但現在就算我提起，祂的態度也顯得漠不關心。」

經津主神在鹿園前停下腳步，微微地嘆了口氣。

「會不會是因為祂喪失了這部分的記憶？」

根據以往的經驗判斷，這種可能性不小。

然而，經津主神一臉遺憾地搖頭否定良彥的疑問。

「不，記憶似乎是有的，只是祂不願提起。平時都是由我來服侍主公，最近祂對我的態度變得有些嚴厲，我原本以為是自己犯了什麼錯，卻又想不出來……」

「我在京都看見祂時，並沒有異樣……」

黃金搖了搖尾巴，歪頭納悶。這對搭檔之間究竟發生什麼事？

「就在這個關頭，主公下了這次的命令。」

經津主神緊緊閉上嘴巴，接著，祂連同悔恨的嘆息吐出這句話。

「可是，我實在難以從命……」

⛩

奧參道的盡頭有座奧宮，據說德川家康在關原打勝仗之後，為了還願而進獻至本殿的物品，現在全都遷移到此處來了。流造屋簷之上青苔叢生，以原色木材打造的神社在經年累月之下變成黑色。

「我只是叫經津主找個新的侍從來。」

建御雷之男神在奧宮前歡迎登門造訪的良彥一行人。祂頂著一頭往後梳的斑白頭髮，留著鬍子，高大的身軀穿著神職人員常穿的那種白衣黑袴，從袖子露出的壯碩手臂被太陽曬得黝黑，肌肉線條一目了然；從略微敞開的胸襟可以看見結實的胸肌，腹部似乎纏著布條，看起來不像神明，倒像是坐在某個道場上座的武人。

「侍從……？」

良彥確認似地反問。現在不是已經有經津主神服侍祂了嗎？

「經津主神當祢的侍從，有什麼不妥之處嗎？」

繼良彥之後，黃金也開口詢問。

來到這一帶，香客變得稀疏許多。建御雷之男神目送拍照的情侶離去，輕輕地嘆了口氣。

「經津主神現在已經擁有自己的神社，是一尊不折不扣的神明。我們從前確實是主從，但是祂到了現代還對我卑躬屈膝，並不合理。幸虧我找到一個適合當侍從的凡人，我便命祂把人帶來，祂卻拖拖拉拉的……」

面對背手仰望奧宮的建御雷之男神，黃金垂下耳朵，與經津主神互看一眼。

「但經津主神打從禪讓的時候就和祢在一起，祢們對彼此也很了解，何必另找新人？」

雖然不明白建御雷之男神有何考量，良彥還是姑且提出這個單純的疑問。

「而且祢說的合適人選是凡人吧？不是要他當神職人員，而是要他來當祢的侍從？這應該有點困難……」

良彥不知道那個人是誰，但是突然對人說「你被神明選中了」把人帶來，應該只是徒增那人的困擾吧？人家也有自己的生活要過啊。

「……是啊。對於凡人而言，或許是有些為難。不過，倘若是時風的後裔，應該能像從前那樣——」

建御雷之男神若有所思地轉動視線，倏然語塞。那不是主動打住話頭，而是宛若突然失聲般的不自然中斷。

「主公……？」

經津主神一臉擔心地仰望，建御雷之男神撇開了臉，摀住自己的喉嚨，略微痛苦地呼吸。

「或許是因為我和經津主神說話時總是比較謹慎，所以給了祂話變少的印象。不過，現在見到差使，鬆懈了些……」

黃金瞇起黃綠色雙眼，凝視著建御雷之男神。

「祢發不出聲音嗎？」

聞言，經津主神倒抽一口氣。

「不會吧……主公，是真的嗎！」

經津主神在建御雷之男神的腳邊跪下，良彥目瞪口呆地看著這一幕。

「……發不出聲音？那麼爾現在聽見的聲音是什麼？樹木的呢喃聲嗎？」

不久，建御雷之男神恢復了平時的神態，把視線轉向黃金。

「那祢就繼續說下去吧，時風的後裔怎麼了？」

黃金乘勝追擊，建御雷之男神怒目相視，接著，祂做好覺悟張開了口，但是從祂喉嚨外洩的卻只有些微的呼吸聲而已。

「什麼……是從什麼時候……」

目睹主公發不出聲音的模樣，經津主神抵著地面的左手下意識地握住沙子。

「……與祢無關。」

建御雷之男神摀著喉嚨，擠出這句話。

「神明的力量衰退並不是什麼罕見的事。」

武神自嘲地笑了，又重新轉向良彥。

「如爾所見，差使兄。黃金兄說得沒錯，我確實逐漸失去聲音。」

建御雷之男神坦白說出一直瞞著經津主神的事實。

「堂堂神明對我這麼一個糟老頭卑躬屈膝，不覺得是白費功夫嗎？老兵不死，只是凋零。我希望見證這一刻的，是當年奉祀我的時風後裔。」

「可是……」

良彥本想反駁，卻又感到遲疑。建御雷之男神和經津主神，他到底該站在哪一邊？

「……這是什麼話！」

經津主神在建御雷之男神的腳邊抖著嘴唇說道：

「主公的力量衰退至此，我豈能不隨侍在側——」

「住口，經津主！」

這道如雷的斥喝聲打斷了經津主神。建御雷之男神突然大吼，令良彥見識到祂身為武神的一面，不禁縮起身子。現在的祂與面露柔和笑容時的落差極大，光是一瞪，就足以令良彥雙腳僵硬。

「正因為祢知道我最為風光的時代，所以我才不想讓祢看見自己衰弱的模樣。」

建御雷之男神壓抑著聲音說道。經津主神緊咬嘴唇、皺起眉頭，宛若在克制心中的情感。

「所以我才叫祢傳喚時風的後裔。」

「——可是……」

經津主神依然難以從命，建御雷之男神短短地嘆了口氣。

「算了。既然祢堅不從命，我就把這個任務交付給差使吧。」

良彥慌張失措地交互望著建御雷之男神與經津主神。他現在陷入兩面不是人的狀態。

「方位神啊，爾也替我勸勸那個死腦筋吧。」

建御雷之男神望著舊識狐神說道：

「叫祂別老是賴著我。」

⛩

——祢是強大的劍神。

主公曾如此讚揚自己。

——有祢這個左右手，是我最引以為傲之事。我的眼光果然沒有錯。

說著，主公豪邁地大笑。服侍這樣的主公，也是經津主神的喜悅。想像與祂一同站在戰場最前線的情景，可說是經津主神最為幸福的時刻。

無論天涯海角，都會隨侍在側。

祂永遠忘不了自己頭一次穿上黑衣、束起頭髮，向主公伏首的那一天。

那是難以忘懷的遙遠往事。

和從社務所歸來的孝太郎一起參拜完畢之後，良彥在附近的店裡享用了遲來的午餐，並再度回到東京。後來，孝太郎又帶良彥去參觀東京鐵塔和增上寺，但是在巴士裡發現宣之言書中的名字上了墨的良彥，幾乎是心不在焉地度過整個行程。換句話說，大神要他乖乖照辦建御雷之男神交代的差事，去把替代經津主神的人找來。

「啊？你還要住一晚？」

傍晚，在東京車站提領行李時，良彥有些結結巴巴地提出這個要求。

「嗯、嗯，我想向怜司大哥問清楚穗乃香的事。」

雖然辦理差事才是多住一晚的理由，不過老實說，良彥也很掛念這件事。

面對良彥的要求，孝太郎傻眼地吐了口氣。

「這倒是沒關係，不過，那畢竟是別人的家務事，你可別管太多啊。」

從投幣式置物櫃中各自拿出行李，並移動到不會擋住行人去路的位置之後，孝太郎拿出智慧型手機操作。

「今晚的巴士車位我會幫你取消。你找到飯店了嗎？」

「我想去昨天那間飯店看看，如果還有房間就住那裡……」

「搞什麼，你真的是走一步算一步耶！」

孝太郎從液晶畫面抬起頭來，望著兒時好友；良彥露出含糊的笑容，打發對方的視線。良彥早就有預感，差事或許會在東京發動，但是他完全沒料到竟會接連發動。

「哎，你就算睡網咖，應該也不成問題吧。來，這是回程的車資。啊，記得拿發票喔！」

孝太郎從皮夾裡拿出五千圓，事後他應該會向怜司請款吧。

「孝太郎，接下來你要幹嘛？去吃飯嗎？」

良彥恭恭敬敬地接過五千圓，如此詢問。距離夜行巴士發車還有好一段時間。

「這個嘛，反正已經不需要陪你了，明天又得工作，我就自掏腰包補差額，搭新幹線回去京都吧。」

孝太郎看著手錶，若無其事地說道。

「咦？只有你自己搭新幹線喔！」

「你也可以搭啊，如果你願意補差額的話。拜拜～」

孝太郎說道，瀟灑地步向新幹線售票口。

「這股敗北感……究竟……是怎麼回事……」

良彥緊握手上的五千圓，目送好友的背影消失於人群中。

「剛才讓爾見笑了，真是過意不去。」

與孝太郎道別之後，順利訂到飯店的良彥決定晚餐前先在房裡休息，因為他想利用這段時間和經津主神分享資訊。若是在外頭，看上去就像良彥一個人在自言自語，不方便說話。

「不過，這下子我總算明白了。沒想到主公逐漸失去了聲音……」

良彥橫坐在客房的椅子上，想起剛才建御雷之男神的模樣。祂應答如流，確實沒有記憶模糊的跡象，只是在某種條件之下發不出聲音來。

「逼得大國主神禪讓，造就歷史性『改革』的神明居然變得如此，真是令人感慨啊。非但如此，祂竟然對祢這個左右手那樣子大吼大叫。」

坐在床上聆聽的黃金無奈地搖了搖頭。

「自從變得沉默寡言以後，主公便時常那樣對我大吼大叫……我想主公大概是因為身體不聽使喚，感到焦慮……」

經津主神露出悲傷的笑容。常被那樣怒吼，祂的精神想必也因此衰弱不少。

「現在祂變成這樣，還要凡人當祂的侍從，根本是強人所難。」

良彥在桌子上拄著臉頰。連經津主神都如此難熬，普通人承受得住那股壓力嗎？

「話說回來，時風是誰啊？祂還說後裔什麼的。」

良彥提出一直感到疑惑的事。聞言，黃金轉過視線。

「中臣時風是建御雷之男神被迎請至春日大社時，陪祂一路走到大和的凡人。據說他曾是鹿島神宮的社司（註9）。」

「哦，就是騎著白鹿去的……」

良彥想起經津主神所說的話，瞪大眼睛。建御雷之男神原本是中臣氏奉祀的神明，而現在祂想請中臣氏的後裔來服侍祂？

「咦？那建御雷之男神要祢傳喚的人，就是中臣的後裔囉？後裔那麼多，祂是怎麼挑上那個人的？」

「大概是因為血緣和自他出生以來便保佑著他的懷念感所致吧。畢竟他離家以後，主公已經有十年沒見到他。說歸說，我不認為那人會同意……」

經津主神皺起秀麗的眉毛，嘆了不知是第幾次的氣。

「自他出生以來便保佑著他……那個人該不會是神社的——」

說到這裡，良彥的腦中浮現某個人的臉龐。

「……不，可是……時風是姓中臣……又不是藤原……」

不會吧！良彥抱頭苦惱。因為身為藤原後裔而被將門怨恨，原本的紳士態度倏然不變，還抓住自己的胸口不放——關於那個人的記憶又重新浮現。

「藤原是中臣氏的子孫。我以前沒跟你說過嗎？」

黃金落井下石，良彥皺起眉頭。對了，大主神社是從春日大社迎請分靈的神社，而春日大社又是從鹿島迎請分靈的，奉祀者屬於同一族，並沒有什麼好不可思議。

「主公指名的就是吉田怜司。他是大主神社宮司的長男，也是天眼女娃兒的哥哥。」

聽到經津主神這麼說，良彥趴在桌上，發出不成聲的呻吟。為什麼他避之唯恐不及，卻偏偏扯上關係？

「主公打算召怜司前來鹿島神宮，代替我擔任祂的侍從。不過，這種事在現代根本行不通，怜司也已經有其他正當的工作。我不知該如何是好，只好借助差使的力量。」

「……原來是這麼一回事啊。」

良彥緩緩撐起身子。就算想說服建御雷之男神，被祂那麼一吼，也只能不了了之。更何況，經津主神直到今天才知道建御雷之男神逐漸失去聲音。祂想必先前已經為了不合理的命令煩惱許久，最後才下定決心，前來造訪身為差使的良彥。

「不過，既然這樣，乾脆直接轉告怜司大哥，讓怜司大哥自己拒絕，如何？」

註9：舊制的神職職名，掌管祭祀及庶務。

如果被直接拒絕，或許建御雷之男神就會死心。還是祂根本不容許對方拒絕？

面對良彥的提議，經津主神垂下視線說：

「……老實說，我也是這麼想，所以曾數次試著轉告怜司……」

經津主神在膝蓋上握緊拳頭，略帶困惑地繼續說道。

「在他睡覺時來到床邊，他卻完全沒有醒來；託夢給他，他便以為真的是作夢……現身和他說話，他竟說：『在演古裝劇嗎？拍戲真辛苦啊。』根本雞同鴨講……」

「啊啊啊啊啊！夠了！」

良彥抱頭大叫。那個身懷靈異體質卻毫無自覺的男人，不只對將門，連對老家的祭神也是同一副德行。真是個膽大包天的妹妹溺愛機。

「他小時候就看得見低等靈，但他總是把那些靈體當成現實，在不知情的狀態下與死人交談的情況更是多不勝數。因此，我並不驚訝現在他有這樣的反應……只是他如此冥頑不靈，我實在不知該如何應對……」

經津主神望向遠方。沒想到怜司從小就是那副德行，實在太可怕了。他如此輕易相信妹妹有天眼，為何無法承認自己有靈異體質？

「我想，或許同為凡人的差使有法可想，因此才前來求助。」

說著，經津主神短短地嘆了口氣。

「……經津主神，祢知道怜司大哥和穗乃香現在在鬧彆扭嗎？」

老實說，良彥並未直接問過穗乃香，不知道她對怜司懷有什麼看法。不過，怜司都說他刻意扮黑臉了，想必穗乃香對他沒多少好感。事實上，良彥從未聽她提過哥哥。

「我知道怜司是個愛護妹妹的哥哥，而妹妹從前也很崇拜怜司這個哥哥。不過，他們太過為彼此著想，反而產生誤會。目睹這種情況，老實說我心裡也很焦急。」

經津主神露出苦笑，祂的語氣宛若在談論自己的孩子。畢竟是看著他們兩兄妹出生長大的神明，會用這樣的眼光看待他們也很自然。

「如果祢願意，可以和穗乃香直接交談吧？祢沒想過要告訴她哥哥的事嗎？」

換作良彥，很可能會告訴穗乃香一切都是出於哥哥的愛。面對良彥的問題，經津主神垂下視線苦笑。

「無論是社家之子或天眼女娃兒，神明都不該干涉凡人的私事。這是為神的道理。」

真不自由——良彥如此暗想。無論是受到奉祀卻不能干涉社家之事的經津主神、由於擁有天眼而吃盡苦頭的穗乃香，或是因為愛護妹妹而採取極端行動的怜司都一樣。良彥望著頭髮烏亮的劍神，不知道祂是懷著什麼心思看著被留在家中的穗乃香？

「差使兄，雖然爾已經正式接下這份差事，但受命辦理此事的原本是我。」
不久後，經津主神收拾心緒，抬起頭來。
「我們一起合力解決吧！」
「嗯，謝謝。」
良彥坦率道謝。這種時候出主意的人越多越好。
「至於辦法——」
說到這兒，經津主神的話語突然中斷。
「……怎麼了？」
經津主神對門口投以窺探的視線。就在良彥呼喚祂的瞬間，上了電子鎖的門突然打開。
「搞什麼啊，良彥，來這邊也不說一聲！」
帶著滿面笑容踏入房裡的，是本該待在出雲的大國主神。
「祢怎麼會跑來這裡……」
「我瞞著須勢理跑來東京的分社露個臉，眷屬神告訴我差使來了，所以我就來找你。聽說你替將門辦差事？那小子剛成神不久，沒想到大神居然會同意。哎，從前被迫禪讓的我，倒也不是不能明白祂滿懷怨恨的心情。別說這些了，差事辦完了吧？要不要去搭巴士？這裡有搭乘雙層露天巴士看夜景的行程，我們帶幾個女孩子去——」

大國主神一把摟住良彥的肩膀，滔滔不絕地說道，卻像是突然感到惡寒一般，打了個冷顫。祂環顧房裡，終於發現端坐於窗邊的漆黑美男子。

「久違了，大國主神。」

經津主神這句話讓大國主神整個愣住了。接著，大國主神轉過身去，猶如脫兔一般拔腿就跑，但良彥抓住祂的衣服，不讓祂逃走。這傢伙的反應未免太明顯。

「放手，良彥！為什麼經津主神會在這裡！」

「因為下一件差事的關係。哎，先坐下再說吧。」

良彥把大國主神拉回來，推向床鋪坐下。看樣子禪讓在祂心中造成不小的陰影。

「下一件差事該不會是經津主神的吧？」

「不，不是。」

「不然祂跑來幹嘛！」

經津主神好整以暇地望著大呼小叫的大國主神。見狀，大國主神僵住了臉，倒抽一口氣。

「下一尊差事神是我的主公，建御雷之男神。」

「建、建御雷……」

不知是不是勾起當年的記憶，只見大國主神抱著自己的肩膀，渾身打顫。接著，祂回過神來，倏地起身。

「那應該不干我的事吧！我要回去了！」

「等等等等等等一下，哎，祢先冷靜下來。」

良彥壓住大國主神的肩膀，再度讓祂坐下。雖然當年是敵人，但大國主神和建御雷之男神畢竟是舊識，或許能幫忙出主意。

「我們現在為了建御雷之男神交辦的差事而傷透腦筋，祢也一起想想辦法。反正祢閒著沒事幹吧？」

「憑什麼要我幫忙想辦法？良彥，你知道我和建御雷之男神、經津主神的關係嗎？」

「我知道、我知道，就是禪讓的事吧？哎，事情都已經過去了，這時候先放一邊嘛。」

「別隨便放一邊啊！這是很重要的事！」

經津主神看著良彥與大國主神鬥嘴，有些困惑地回頭詢問黃金：

「差使兄和大國主神很熟嗎？」

大國主神一身現代打扮，和良彥站在一起，看起來就像是同年代的朋友，這應該也是讓經津主神這麼問的原因之一吧。黃金垂下耳朵，嘆了口氣。

「打從替須勢理毘賣辦理差事時相識以來，他們就一直是那樣。」

說來是優點也是缺點，良彥的態度向來不因對方是神或人而有所區別。大國主神就是欣賞他這一點，才會建立起這層關係。

「宣之言書上出現建御雷之男神的名字，代表祂也因為力量衰退而傷腦筋，祢就幫忙出點主意，有什麼關係？再說，祢還欠我名草戶畔那時候的人情耶！」

「人、人情？」

「我幫忙天道根命辦理差事，剛好順了祢想接名草戶畔入幽冥的心意，對吧？黃金都告訴我了。」

大國主神立刻把視線轉向黃金，但是黃金先一步撇開視線。

「拜託啦。祢是出雲的大國主神老爺，向來自視甚高，不是嗎？」

良彥張開雙手，圍住床上的大國主神，用分不清是威脅還是懇求的氣勢拜託祂。幫忙出主意的人自然是越多越好。

「是啊，我是自視甚高、俊美無倫、獨一無二的出雲之王！名草戶畔那件事，我的確給了你不少提示，但我並沒有義務協助差使——」

「呃，須勢理毘賣的電話號碼是……」

「你的手可不可以先放開手機？良彥。」

良彥與抓著自己手臂的大國主神默默地相視片刻，下一瞬間，良彥笑咪咪地回頭對經津主神說道：

「太好了，經津主神，大國主神說祂也要一起幫忙想辦法。」

目睹全程的經津主神垂下臉來，低聲竊笑，而黃金則是一臉感嘆地搖了搖頭。

⛩

「建御雷之男神居然說出這種話？」

大國主神不情不願地聽完來龍去脈之後，率直地說出這般感想。

「祂可是逼得我禪讓的偉大天津神耶，如今卻因為力量衰退而發不出聲音，真教人惘然。」

過了下午五點，外頭正是斜陽映照的時刻，不過在拉上窗簾的商務飯店房間裡，難以察覺時間的流逝。大國主神已經死了心，倚著牆壁坐在床上，盤起雙腿，手肘抵著膝蓋，掌心拄著臉頰。

「平時祂還是可以說話，可是一想起往事，便發不出聲音……」

良彥想起與建御雷之男神見面時的情況。

「剛才祂正想提起時風的時候，突然就失聲了……」

「嗯，會不會是有什麼不想說的事？虧祂有那麼輝煌的過去。」

大國主神半是敷衍地說道。

「而且祂的目標是穗乃香的哥哥？這對兄妹和神明也真是有緣……」

「怜司大哥和將門的差事也扯上了關係……」

良彥反坐在椅子上，嘆了口氣。看樣子近期之內還得再和怜司見上一次面。

「怜司大哥現在已經有工作，要他當侍從，根本是強人所難嘛！」

怜司被捲入神明的事端，並不是他的錯，不過，倘若他對於自己的靈異體質有點自覺，或許事情不至於變得如此棘手。

「本來就是強人所難啊。所謂的侍從，就跟貼身秘書差不多吧？建御雷之男神絕對沒想過薪水的問題。只有榮譽的終身無給職，凡人怎麼幹得下去？」

大國主神一臉不快地說道，這句不經意的話語刺入了良彥的胸口。只有榮譽的終身無給職，簡直是差使的代名詞。

「那個老頭也老糊塗啦！」

大國主神嘆了口氣，如此說道。聞言，經津主神橫眉豎目地站了起來。

「不許祢說這種貶低主公的話！」

這一喝讓良彥忍不住縮起身子。雖然不及建御雷之男神，但經津主神的聲音也帶有猶如用劍尖指著人的魄力。

「我只是實話實說而已。我也很失望啊！建御雷之男神有多麼可怕，我可是最清楚的。」

被留下之後，大國主神似乎豁出去了，邊屏住呼吸，邊皺眉如此反駁。見了祂的態度，經津主神恨恨地指著祂叫道：

「祢憑什麼失望！」

即使力量衰退、失去聲音，對經津主神而言，建御雷之男神依舊是唯一的主人，就算現在被出了一道大難題，祂仍然忠心耿耿。

大國主神默默看著指著自己的手指，緩緩抓住經津主神的手腕，並迅速拉過祂的身體，抓住另一側的袖子。

「咦……？」

見到經津主神從黑衣底下露出的右臂，良彥睜大眼睛。大國主神掀起的袖子底下出現的並非手臂，而是一把用布條鬆鬆垮垮地纏起的出鞘刀身。

「果然如此。我就覺得奇怪，為什麼看不見祢的右手。」

「祢……」

經津主神甩開大國主神的手，護著右臂。

「祢的手無法恢復原形了吧？力量衰退是唯一的理由嗎？如果放著不管，只怕祢會完全化為劍形吧？」

大國主神似乎滿意了，再度往床鋪坐下。經津主神恨恨地看著祂。

「與祢無關！」

「那倒是。」

大國主神一口肯定，在那瞬間，祂的眼神流露出一股冷淡的色彩。

「我只是覺得遺憾，就連如同祢們這樣的神明也無法抵抗時代的洪流。畢竟今非昔比，這也無可奈何。」

大國主神戲謔地說道，聳了聳肩。

「不過，我個人對祢倒是很感興趣。」

「住口！」

經津主神怒視露出甜美微笑的大國主神，彷彿隨時要一劍砍過去。

「咦？我、我完全沒發現……」

良彥目瞪口呆。他一直以為經津主神的右手是因為收在袖子裡才看不見。

「你才讓我覺得遺憾。」

黃金一面在床上對良彥投以糾纏的視線，一面喃喃說道。

「對了，良彥，關於侍從的事……」

大國主神突然回到正題，良彥把視線轉向祂。

「都到這個節骨眼上了，不如就讓穗乃香的哥哥試試看吧。」

「──啥？」

剛才是誰說根本是強人所難？良彥還以為大國主神也反對，為何僅僅數分鐘就改變主意？

「經津主神也變成這副德行，無法說服建御雷之男神吧？所以祂才來拜託你，不是嗎？」

被大國主神一語道破，經津主神尷尬地撇開視線。

「不，話是這麼說，可是祢剛才也說過這是強人所難啊。」

「我的確說過。」

大國主神爽快地點了點頭，見狀，良彥摀住太陽穴。祂究竟想說什麼？

「所以，設法讓建御雷之男神自己拒絕就行了。」

大國主神面有得色，彷彿在說這是一條妙計。

「祢的意思是，暫且要怜司答應，再設法引導，讓建御雷之男神對他失望？」

黃金歪著頭，若有所思地說道。聞言，良彥恍然大悟。

「可是，這樣的話……」

「凡人不是有個說法，叫做『善意的謊言』嗎？人生在世，就是要懂得變通。」

大國主神嘆了口氣，對困惑的經津主神如此說道。

「我也不是不明白祢的心情，不過，建御雷之男神已經不是祢從前認識的主公。要讓一個不想被祢看見自己衰弱模樣的神死心，多少得用點手段。」

面對黃金的勸解，經津主神垂下視線。事到如今，祂的心裡似乎也產生迷惘——倘若這是主公的心願，自己是否該默默地退讓？

「可是，要怎麼說服怜司大哥？他是個老是產生奇蹟式誤解的人，之前經津主神直接找他談，被他當成在拍電視劇耶。」

良彥把下巴放在椅背上，露出苦澀的表情。這是最大的問題。即使由身為人類的自己出面，大概也只會被他當成腦袋有問題吧。辦理將門差事的期間姑且不論，現在怜司根本把良彥當成圍著穗乃香打轉的蒼蠅。

「很簡單。」

大國主神無視良彥的憂慮，滿不在乎地說道。

「怜司知道穗乃香眼睛的事吧？」

「咦？啊，嗯，對，他好像知道。」

「那叫穗乃香開口拜託他就行了。」

大國主神說得若無其事，良彥有些傻眼地凝視著祂。這個方法太過出人意表，良彥一時間無法判斷是不是妙計。

「如果是看得見神明的天眼妹妹所說的話，他一定會無條件相信吧？」

良彥與黃金對望一眼。這個方法真的管用嗎？

在眾人的心思交錯之中，只有經津主神五味雜陳地閉上眼睛。

⛩

一開始讓怜司察覺有異的，只是一件小事。

當怜司要剛上幼稚園的穗乃香將自己的餐盤端到流理台時，不慎手滑的她打破了一個碟子。怜司只是輕聲叮嚀一句「要拿好」，妹妹卻露出泫然欲泣的表情仰望著他。

「對不起。」

妹妹宛若在害怕什麼，顫抖著聲音說道。怜司大驚失色地凝視著她。

對不起，穗乃香不是好孩子。

對不起，穗乃香會乖乖聽話。

對不起，對不起，對不起——

怜司打了個瞌睡，醒來時發現外頭的天色全暗了。他皺著眉頭翻了個身摸索枕邊，拿起鬧鐘一看，時間已將近晚上九點。今天雖然是週六，他卻起得很早，不知是不是因為這個緣故，到了傍晚他完全無法抗拒睡意。但他沒料到自己會睡到這個時間，應該設定鬧鐘的。

「……還作了那種討厭的夢……」

怜司撐起身子，擦拭額頭上的汗水。那陣子的夢無論作多少次，他都無法適應。

剛上高中時，某天，從國中同學口中聽聞穗乃香傳聞的同學，在回家的路上不斷糾纏怜司。當他指稱怜司有戀妹情節時，怜司充耳不聞；當他說起詛咒等荒唐無稽的事時，怜司一笑置之；但是，當他質疑穗乃香是不是腦袋真的有問題時，怜司便失去了理智。

「……都是地點不好。」

怜司戴上放在床頭櫃上的眼鏡，如此嘀咕。

他有生以來頭一次揍人，是在家人也常光顧的超市停車場附近的步道上。

「……還有時機不好……」

怜司抓了抓腦袋，半是嘆息地說道。和母親一同前來購物的穗乃香，當時發現了哥哥便跑上前來，怜司卻渾然不覺。

穗乃香聽見怜司與同學的談話內容，並目睹哥哥因為被取笑而勃然大怒、使用暴力。上了幼稚園以後，穗乃香開始察覺自己的眼睛異於常人，而怜司打人這件事似乎在她的心中留下更深的傷痕。聽聞鄰居的竊竊私語，用無垢的雙眼環顧周遭的大人，年幼的她或許是這麼想的

——哥哥是不是因為自己而被人欺負？

那一天，這個懷疑在她的心中化為確信。

「我倒寧願在她心中種下的是『哥哥會打人，好可怕』的陰影。」

怜司長嘆一聲，再度躺下來。

當時，在年幼的穗乃香心中種下的是「我是壞孩子，所以哥哥才會被欺負」的方程式。這

種想法一天比一天強烈，並在打破碟子那件事上爆發出來。

自此以來，穗乃香便常為了一些雞毛蒜皮的小事道歉。鞋子穿不好的時候、零食吃不完的時候、一起看卡通不小心睡著的時候，她都淚眼汪汪、面紅耳赤地一再道歉。

對不起，對不起，穗乃香會乖乖聽話——

穗乃香乖乖聽話，哥哥就不會被欺負了吧？

當時，怜司只能緊緊抱著哭泣的妹妹，輕拍她的背部告訴她：「妳已經很乖了，沒有人欺負哥哥。」

即使如此，每當妹妹看見哥哥，臉上浮現親愛之情的同時，總會閃過一絲緊張。

雙親當然也察覺到這種變化，卻不明白個中理由。怜司也懷著莫大的罪惡感，不敢承認是自己造成的。

然而，只要自己待在身邊，妹妹便會露出那種表情，這讓他痛苦不堪。

不久後，怜司決定以就讀大學為由搬出去住。

「……萩原良彥啊？」

怜司仰望天花板，喃喃說道。長年獨居的男人房裡呈現適度的雜亂，牆壁一角掛著託孝太郎代為取得的穗乃香照片。因為這些照片，他不曾邀請朋友來家裡玩。這不是因為他不想被人知道房裡掛著親生妹妹的照片，而是怕朋友對穗乃香產生興趣。虧他如此小心提防，誰知竟有蒼蠅在他不知情的狀況下纏上妹妹。怜司想起今早的事，輕輕彈了下舌頭。

掛在牆上的每張照片裡，妹妹表情都和娃娃一樣，沒有絲毫的笑容，白皙的臉頰顯得冷冰冰的。對於怜司而言，她的臉上沒有畏懼之色便已經足夠了。但是，一想到妹妹身邊有那個呆頭呆腦的尼特族打轉，他便擔心妹妹會受到不良影響。不，鐵定已經受到不良影響了。

「……不知道穗乃香過得好嗎？」

沒有人回答他這個問題。

反倒是擱在桌上的智慧型手機發出來電通知。

⛩

在離飯店幾分鐘路程的超商前，良彥凝視著智慧型手機的螢幕。由於興味盎然的三尊神明在一旁偷聽，他刻意離開房間，但一想到怜司與穗乃香的關係，他便遲遲無法撥出電話。

「……如果只是請她幫我辦差事倒也罷了，差事偏偏跟她的哥哥有關，不要緊嗎……？」

仔細想想，良彥從沒聽穗乃香提過哥哥；非但如此，因為名草戶畔之事而和她談起達也時，她甚至說她沒有兄弟姊妹。

「沒有兄弟姊妹……」

良彥在步道邊緣蹲下，嘆了口氣。或許穗乃香並不是說謊，而是在她心中，這樣的認知才合情合理。

太陽下山後的十月天空，在街燈的映照下顯得灰濛濛的。步道上的行人雖然多，卻沒有人注意良彥。一群看似大學生的人邊高聲說話邊走過，良彥漫不經心地目送他們的背影，再度垂眼望著智慧型手機。上頭顯示的是熟悉的穗乃香電話號碼，他曾經撥過好幾次。

「……原來我一點也不了解她。」

——你什麼也不懂。

怜司的話語在耳邊再度響起。

穗乃香是神社宮司的女兒，鮮少表露情感，和泣澤女神是朋友，誠實、認真、重感情，擁有看得見神明的天眼——仔細想想，良彥對她的了解只有這些。他們常一起行動，而她露出笑容的次數逐漸變多，這讓良彥很開心。不過，他們彼此似乎都遲疑著該不該跨越眼前的界線。

老實說，良彥並不認為怜司和穗乃香的關係是健全的。他知道怜司是為了妹妹著想而做出那樣的決定，不過，穗乃香若是知道此事，可會高興？刻意疏遠溺愛的妹妹，怜司真的覺得這樣下去好嗎？

「……可是，這畢竟是別人的家務事……」

良彥想起在車站道別時，孝太郎曾叮嚀自己別管太多。然而，如今他已經知道內情，豈能置之不理？告訴穗乃香，她哥哥的所作所為都是出於不擅長表達的愛護妹妹之情，是件很容易的事。不過——

「……話說回來，穗乃香究竟是怎麼想的？」

她宣稱自己沒有兄弟姊妹，不知心裡對哥哥抱著什麼樣的感情？倘若其中仍然留有些許溫情，或許該告訴她真相。

良彥下定決心，做了個深呼吸，按下通話鍵。

「……啊，穗乃香？」

鈴響三聲，穗乃香便接起電話，並回應良彥的呼喚。即使隔著話筒，她的聲音依然清澈。

「對不起，突然打電話給妳，現在方便講話嗎？」

『沒問題。怎麼了……？』

這麼一提，今天是星期六，不知道穗乃香是怎麼度過這一天？不必上學的假日，她會去什麼樣的地方？看見什麼樣的事物？產生什麼樣的感受？她可曾想起離家的哥哥？一旦開始思考這些問題，良彥便覺得電話彼端的穗乃香，似乎離自己很遙遠。

「不，也沒什麼……只、只是想知道妳過得好不好……」

良彥不知該如何開口，結結巴巴地回答。一聽見本人的聲音，良彥又遲疑起來。該提起她絕口不提的哥哥嗎？

『……良彥先生，你現在人在東京嗎？』

聽到這個問題，良彥心臟猛然一跳。

『我聽說你跟藤波先生一起去同學會……』

「啊，嗯，對。我不能參加同學會，只好一個人到處亂逛。」

良彥盡可能保持平靜，以免被察覺自己莫名焦慮。

「結果一如往例，差事又來了，我和平將門見了面。我完全沒想到那是將門……啊，還有，今天我又遇見大國主神，祂邀我去搭巴士——」

『良彥先生。』

穗乃香委婉地呼喚。

『……發生了什麼事？』

這句話讓良彥在心裡準備的話語全都消散。

「……我覺得自己好像全被妳看透了。」

良彥重新握好智慧型手機，面露苦笑。別的不說，他本來就不擅長隱瞞。

「我跟怜司大哥見過面了。」

良彥死了心，坦白說出這件事。他可以感覺到電話彼端傳來些微的緊張。

「我一直以為妳沒有兄弟姊妹。」

『……對不起。』

「啊，不，我不是在責備妳！家家有本難唸的經。只是……」

良彥尋找著詞語，抓了抓頭。這種時候，他實在很恨自己的語彙如此貧乏。

「……不過，如果妳不介意的話……」

穗乃香豎耳聆聽的模樣浮現於腦海中。

「可以告訴我，妳說自己沒有兄弟姊妹的理由嗎……？」

怜司為了不讓穗乃香感到愧疚，故意扮黑臉，這個策略對她造成什麼影響？

面對良彥的問題，穗乃香沉默片刻。她現在露出什麼表情？在想些什麼？各種空想在良彥的腦海中打轉。總是冷著臉的穗乃香，心中懷抱的事物或許遠比良彥所想像的更為深沉，也更為沉重。

『……爸媽說我小時候很黏哥哥。』

不久後，穗乃香喃喃說道。

『說我學會走路以後，總是跟在哥哥身後……可是，我當時還小，不記得這些事……』

一輛計程車在眼前的車道上呼嘯而過。良彥把耳朵緊貼在話筒上，以免遺漏穗乃香的聲音。

『我只記得……一臉悲傷地看著我的哥哥。』

「一臉悲傷？」

良彥反問，穗乃香似乎在思索，沉默了一會兒。

『……嗯。可是，我不記得他為什麼悲傷。』

穗乃香獨白般的聲音傳入耳中。

『小時候我好像看到什麼就會說什麼……這裡有隻白鹿、那裡有條青龍之類的。可是這樣……別人會覺得很奇怪，對吧？為了不讓我當著別人的面說這些事，爸媽花了不少功夫教導我……因為有些人無法接納不尋常的事物……』

從穗乃香揀選言詞的模樣，可以窺見她幼時的遭遇。良彥想起怜司描述的穗乃香往事。

『我猜哥哥應該也是這樣吧……一臉悲傷的他，或許就是那陣子的記憶。那時候的事，我不好意思開口問爸媽……』

良彥用力握住智慧型手機，恨不得立刻否定。她哥哥比任何人都更擔心她。

『……他很少回家，就算回家，視線也總是避免與我交會……寫信或傳簡訊給他，他都不回；這兩年來，他跟爸媽好像也沒聯絡。』

「啊，那是……」

良彥想到了原因，變得結結巴巴。這兩年來的事，鐵定是將門搞的鬼。怜司原本就刻意不聯絡，而在那尊怨靈神的推波助瀾之下，情況變得更加嚴重。

『小時候我一直覺得很奇怪，為什麼哥哥都不回信……是因為他很忙嗎？還是因為課業繁重？不過，大概不是這些原因吧。他好不容易才能搬出去住……』

說到這兒，穗乃香中斷話語，微微地露出苦笑。

『……我好像一直在做惹哥哥討厭的事。』

「沒這回事！」

良彥嘆了口氣，閉上眼睛。為了年幼的穗乃香而決心離家的怜司，訂下的周密計畫進行得極為順利。不過，這種計畫造就的並非幸福。再這樣下去，兩兄妹都會陷入不幸。

『所以我覺得，要是我說我有哥哥，或許哥哥會不高興……』

「……所以，妳才說自己沒有兄弟姊妹？」

『對不起，我撒了謊……不過，實際上我們的確沒有兄妹的感覺。』

穗乃香上小學的時候，怜司已經離家，他們從未吵架或共享日常生活裡的瑣事，也難怪她這麼想。

不過——

『……良彥先生，我可以問一個問題嗎？』

在穗乃香的呼喚下，良彥回過神來而抬起頭。

『我哥哥他……過得好嗎？』

下意識緊握的拳頭微微泛白。

「……他、他過得很好。嗯，好極了。妳不必擔心！」

怜司在超商前宣揚對妹妹的滿腔熱愛的模樣閃過腦海。

『是嗎？那就好……』

安心的嘆息聲傳入耳中，讓良彥的胸口緊緊揪了起來。

「穗乃香，呃——」

良彥很想說出一切。其實怜司很溺愛穗乃香才會做出這樣的抉擇，一切都是為了她所訂下的計畫。不過，話到了嘴邊，良彥又吞回去。

——沒這回事，怜司大哥很重視妳。

——那些事都是為了保護妳才做的。

說出一切很容易，不過，由良彥口中說出來，能有多少意義？或許穗乃香只會當他是在安慰自己。

真相必須要由哥哥親口說出來才有意義。

「或許我沒有立場說這些話……」

良彥克制著幾乎快衝口而出的話語。

「妳最好和怜司大哥談談。或許妳會害怕，但妳應該把自己的想法全說出來。」

別管太多——孝太郎的聲音在耳邊響起，然而，良彥充耳不聞，繼續說道：

「現在無論我說什麼，都只會流於表面——」

良彥心急地說道，另一頭的穗乃香困惑地吸了口氣。

「所以我只說一件事。妳再仔細回憶一下怜司大哥露出悲傷表情時的情況。」

『咦……？』

穗乃香反問的聲音猶如吐氣聲一般微弱。

「哎，我也只是猜測，無法確信……」

良彥抓了抓頭。怜司確實很溺愛穗乃香，這一點絕對錯不了。這樣的他一臉悲傷地看著妹妹，想必是因為——

「當一個人看著無法接納的事物時，會露出悲傷的表情嗎？應該會露出不愉快的表情，或是抱持厭惡感吧？」

電話彼端的穗乃香屏住呼吸。

「穗乃香。」

良彥一面呼喚，一面仰望天空。

「我想，怜司大哥應該沒那麼會演戲。」

本人聽見了大概會生氣吧——良彥如此暗想，微微地笑了。

⛩

「哦，所以你雖然打了電話，卻沒提起差事，就這樣兩手空空地回來？」

與穗乃香通完電話、回到飯店之後，等候已久的黃金用這番毒辣卻精確的言詞，彙整了良彥的作為。

「我怎麼說得出口嘛！她以為哥哥很討厭她耶！」

「你的任務就是向她好好解釋這件事。」

「辦不到、辦不到！辦不到啦！我哪有那麼能幹！祢把我當成什麼人啦？」

良彥說了句不知是自虐或是豁出去的話語，往床鋪坐下。

大國主神不知在幾時間消失無蹤，但等到差事辦完以後，祂八成又會現身，叨叨絮絮地對良彥發牢騷吧。

「這麼說來，又得從頭來過……」

經津主神依然端坐在地板上，嘆了口氣如此說道。這句沒有惡意的話語，刺入良彥的胸口。

「也、也不算從頭來過啦！只是狀況和之前沒變而已……事、事態並沒有惡化……」

良彥喃喃說道，鼓勵自己。大國主神出的主意不能用，到頭來只能自行設法解決。事到如今，或許直接和怜司溝通也是個辦法。既然他如此擔心妹妹的天眼，想必對於神明的存在也有相當程度的認識，若是得知老家的神社祀奉的神明逐漸失去聲音，多少會關心一下吧。

「問題是該怎麼說明……」

現在怜司對良彥的印象奇差無比，大約是等同或低於廚餘。如果他肯聽良彥說話，或許還有計可施……

「對了，良彥，該吃晚餐了吧？」

就在良彥思索之際，一旁的黃金用前腳指著從大廳拿來的「鄰近餐廳指南」。

「……我現在正很認真地思考差事。」

「凡人不是常說『吃飯皇帝大』嗎？」

「根本只是祢想吃而已吧！」

「什麼？黃金老爺也會享用凡人的食物嗎？」

房裡倏然喧鬧起來，良彥摀住耳朵躺在床上。現在的確是晚餐時間，但他根本無心坐下來好好吃飯。這種時候，建御雷之男神的失聲症狀若能分給眼前的兩神就好了——良彥不禁萌生這種不敬的念頭。平時雖然不太方便，卻很適合讓囉唆的傢伙閉嘴。

「……唔？」

正當黃金對著經津主神召開家庭餐廳講座時，面向牆壁的良彥靈光一閃，眨了眨眼。

「……對喔，發不出聲音是件不方便的事吧？」

就今天見面的情況看來，建御雷之男神平時能夠正常說話，但是會突然失聲，這樣的狀況應該會為祂帶來莫大的壓力。換作是良彥，一定會設法查明原因，加以治療。

「可是，祂交代的差事卻是找個新的侍從來……？」

按照以往的模式，就算建御雷之男神吩咐的差事是「我發不出聲音來，替我想辦法解決」也不足為奇。然而，祂未如此要求。是因為力量衰退，自知無力回天，所以死了心嗎？

——正因為祢知道我最為風光的時代，所以我才不想讓祢看見自己衰弱的模樣。

建御雷之男神確實是這麼說的。倘若這只是表面話——

「……經津主神。」

良彥緩緩坐起身子，回頭詢問望著餐廳指南的劍神。

「建御雷之男神談到往事，就會發不出聲音來，對吧？這種情況通常是發生在談到時風的時候嗎？」

面對這個突如其來的問題，經津主神訝異地眨了眨眼。

「這麼一提，似乎是如此……不過，祂說得出時風的名字，應該不是因為掛念時風……有什麼問題嗎？」

經津主神歪頭納悶。

「……不，如果是這樣，或許……」

良彥並未說出自己導出的結論。

而是打了通電話給怜司。

三

夜幕低垂的境內，建御雷之男神在本殿上眺望著腳下的景色。

從前，從坐鎮於小丘上的這座神社可以看見鄰近的大海。祂還記得當年也是一面望著大海，一面聆聽藤原的某人迎請祂至大和新神社的請求。帶著眾多神鹿與時風一同啟程的情景彷彿昨日之事，依然歷歷在目。

「──今天風和日麗，正適合旅行。」

一路上，祂在鹿背上搖來晃去，與時風談天說地。那是一趟無須趕路的悠閒旅程。

「建造下一座都城的是天孫的第幾代子孫？禪讓就像是不久前才發生的事……」

建御雷之男神悠哉說道，摸了摸身下的白鹿脖子。

——不過，被迎請至都城，倒是件好事。

溫柔婉約的女聲從後方傳入建御雷之男神的耳中。

——只要奉祀建御雷之男神老爺，都城的防護可就固若金湯。

說出這番話的，是自高天原下凡以來便一直在身邊替祂效力的眷屬，同時是一名巫女。

「嗯，一定能夠成為一個好國家。」

建御雷之男神心滿意足地說道。雖然祂有武神之稱，但是並不好戰，天下能夠太平是再好不過的事。

「說到奉祀建御雷之男神老爺，誰比得上祢呢？」

時風調侃道。奉祀神明、代傳神諭的巫女所說的話帶有絕大的力量，由於祂和凡人巫女不同，本身也是神明，因此這股力量更是出類拔萃。

——時風，再怎麼捧我也得不到好處的。

巫女露出困擾的笑容。祂是個有著一頭烏黑秀髮、雙目凜然有神的女子。雖然平時總是侍立於建御雷之男神的身後，但一有戰事，祂的雙眼裡燃燒的鬥志比任何人都更加旺盛。祂的祈禱正是建御雷之男神的力量來源。

——祈禱與奉祀是我唯一能做的事，將身心都奉獻在這件事是理所當然的。

靜謐的夜晚空氣與森林吐出的濕氣一同籠罩四周。後來的對話，建御雷之男神也記得一清二楚，就連巫女的表情和周圍的景色亦是歷歷在目。然而，每當祂欲提起當時的往事，喉嚨便像是突然蓋住蓋子，發不出聲音來。而祂很清楚，力量衰退並非唯一的理由。

「────」

祂依然叫不出那個名字，口中吐出的只有空氣的外洩聲。先前祂一直設法隱瞞，然而差使的到來，使得經津主神也知道這件事。如果可以，祂希望能夠不表明心跡而與劍神分離。不想讓劍神看見自己衰弱的模樣並非謊言，不過，祂希望憑這套說詞便讓經津主神妥協，也是不爭的事實。

「……經津。」

建御雷之男神用只有至親好友才會使用的小名呼喚祂的左右手，閃過腦海的，是每當祂為了隱瞞身體不聽使喚的焦慮與心思而忍不住怒吼時，經津主神便會露出的悲傷神情。

「原諒我……」

讓祂露出那種神情的自己，已經沒有資格用那個名字呼喚祂了。

卅

「……喂！」

隔天清晨，良彥收拾行李、辦理退房之後，便直接前往東京車站。他把行李寄放在投幣式置物櫃裡，買了飯糰當早餐，並朝著約定地點邁開腳步。只見一臉睡眠不足的怜司正等著他，毫不掩藏自己的焦慮。

「快點說明是怎麼回事！」

前往鹿嶋的巴士駛進了約定地點，良彥搭上車，怜司也追著他上車。昨晚，良彥打電話給怜司，表示想談談穗乃香的事。他本來還擔心這個方法不管用，沒想到怜司一下子就上鉤。

「怜司大哥，你要吃鮭魚飯糰還是鮪魚美乃滋飯糰？」

「我叫你快點說明！」

「那就鮪魚美乃滋好了。」

自東京車站出發的巴士裡，除了良彥他們以外只有兩組乘客。由於是星期日早上，巴士發車後一路暢行無阻，並未遇上塞車。

「你說想和我談穗乃香的事，我才來的！為什麼要搭巴士？還有，飯糰的首選當然是鮭魚口味！」

「哦？那我跟你換吧。」

「不用！」

良彥思索可以和怜司好好談話的方法，最後選擇了巴士。高速巴士的停靠站少，怜司必然得聽良彥說話。如果可以，良彥希望能在車上告知建御雷之男神的差事，待抵達鹿島神宮之後，再請他主動回絕。當然，這個作戰能否成功，得實際試過才知道。

「……昨晚我和穗乃香通過電話。」

怜司不願坐在良彥身邊，而是隔著通道坐在對側的座位上。黃金與經津主神坐在他的身後，靜觀其變。

「你……我明明一再警告你別靠近穗乃香！」

「我也是不得已的！那是不可抗力！」

良彥扭身避開怜司試圖揪住自己胸口的手。最好還是別讓這個男人合法持槍。

「你的計畫很成功，穗乃香以為哥哥討厭她，說你都不回她的信件和簡訊。」

聞言，怜司露出五味雜陳的表情，撇開了視線。

「……你沒有多嘴吧？」

「沒有。就算我在電話裡揭穿一切，她也只會以為我是在安慰她而已。」

良彥倚著椅背，慎重地拆開飯糰包裝。

「穗乃香小時候好像很黏哥哥，只是她本人已經記得不太清楚了。她爸媽說，她總是跟在哥哥身後。」

怜司默默聽著這番話，並未正視良彥。

「不過，她還記得一件事……一臉悲傷地看著自己的哥哥。」

「……一臉悲傷的我？」

怜司困惑地皺起眉頭。

「你知道是什麼緣故嗎？穗乃香一直認為是自己的眼睛造成的。她覺得哥哥無法接納她這樣的妹妹。」

怜司對穗乃香的感情不言而喻，正因如此，良彥必須確認真相。

「……詳情我沒有義務向你說明，所以之前略過不提。」

不久，望著窗外的怜司喃喃說道：

「穗乃香還在讀幼稚園的時候，有一陣子開口閉口都是『對不起』。她常為了一些雞毛蒜皮的小事責備自己，說她會乖乖聽話，對不起。這樣的話語我一天不知道要聽上幾次。」

良彥想起與穗乃香剛相識時的情景。當時雖然不覺得她時常道歉，但她的確有責備自己的傾向。

「原因是我造成的。話說在前頭，可不是我虐待她之類的……穗乃香當時年紀雖然小，卻想保護我，認為自己必須乖乖聽話才行，對自己施加了過度的壓力。」

怜司憶起當時，一臉苦澀。

「如果我露出悲傷的表情，鐵定是因為看到穗乃香道歉。只要我待在她眼前，妹妹就會一直道歉，考量到這一點，沒過多久我就做出離家的選擇。」

「那你說要替穗乃香安排容身之處……」

「那也是事實，不過表面話的成分居多……因為這麼說，我就不必說出真相。」

怜司吐了口氣，又恨恨地彈了下舌頭。

「為什麼我得跟你說這些？」

停在紅綠燈前的巴士再度開始行駛。因為愛護妹妹而保持距離的怜司所說的這番話，讓良彥因為難以釋懷而一直懸著的心放了下來。

「穗乃香八成不記得這件事吧……」

「不記得才好，繼續討厭我也無妨。比起一見面就讓她緊張、露出快哭的表情向我道歉，這樣要來得好多了。」

怜司伴著引擎聲喃喃說道，他的語氣和話語正好相反，帶著萬分落寞的色彩。良彥凝視著與穗乃香極為神似的側臉。這樣真的好嗎？彼此都能幸福的道路應該是存在的。

「……對了，你……」

怜司依然望著快轉般的車窗外景色，對良彥說道：

「和穗乃香是怎麼認識的？」

經他這麼一問，良彥才想起自己還沒提過這件事，眨了眨眼。雖然有孝太郎提供情報，但那畢竟是孝太郎的觀點，他應該不明白良彥與穗乃香的奇妙關係吧。

「……怜司大哥，你知道泣澤女神嗎？」

良彥思索該如何說明，提起這個名字。

「那是住在奈良某座神社的水井裡的女神。祂分擔凡人的悲傷，代為哭泣，擁有鋼鐵般的精神力。」

「泣澤女神……？」

怜司一臉訝異地望著良彥，彷彿在詢問那又如何。

「這尊女神和穗乃香是朋友。穗乃香贈送各個季節的花朵給不能離開水井的女神，而女神想離開水井，擁抱總是一臉悲傷的穗乃香。當時幫忙的就是我。」

良彥知道怜司皺起了眉頭，意料中的反應令他露出苦笑。任誰聽到這番話，一時間應該都無法置信吧。

「我是聽候神明吩咐辦理差事的差使。爺爺死後，我接下他的工作。看得見神明的穗乃香後來也常常幫我的忙。」

良彥從自己的包包裡拿出宣之言書，翻開蓋著泣澤女神朱印的那一頁，遞給怜司。

「差使……？」

「泣澤女神之後是須勢理毘賣。當時可辛苦了，祂的老公大國主神冒出來，突然向穗乃香求婚。不過，多虧穗乃香的敏銳指摘，差事才能解決。」

良彥指著須勢理毘賣的頁面，憶起當時，微微地笑了。

「接下來是天棚機姬神。是穗乃香先遇見祂，帶祂來找我。其實穗乃香還滿會照顧人的，就像個大姊姊一樣。天棚機姬神為了感謝她，替她做了件漂亮的洋裝，她收下的時候，笑得很開心。」

聞言，怜司抬起臉來。

「穗乃香笑了……？」

「對，她笑得越來越自然。」

起初有些僵硬的笑容，現在已變得自然許多，宛若娃娃的表情逐漸多了些人情味。

「高龗神那時候，穗乃香的同學也牽扯進來，弄得一團糟。啊，不過穗乃香就是從這陣子開始，越來越會開口說話。」

怜司翻閱宣之言書，表情依然困惑。他很清楚妹妹的天眼能力，因此無法否定良彥所說的這番話。

「田道間守命那時候，她還和我們一起做泡芙。她的廚藝似乎不太好，但是她很努力。後來，天道根命那時候，她也給了我很寶貴的建議……木花之佐久夜毘賣那時候，她主動表示想幫忙，比我更熱心地傾聽。蛭兒大神那時候，她還和我一起在新世界四處奔走。」

說到這兒，良彥暫且打住，再度望向怜司。

「怜司大哥，現在的穗乃香和你所想的穗乃香已經不同。你離家以後，已經過了十幾年，對吧？經過這麼長的歲月，人是會變的。她不再是那個和哥哥一起看卡通的小女孩了。」

聞言，怜司似乎猛省過來，抿起了嘴。

良彥一路看著穗乃香逐漸展露笑容。雖然他們相識的時日尚淺，抵不過兄妹相處的歲月，但是在這麼短暫的期間內，穗乃香便已經有了持續的改變。

「或許因為愛護她而不得不疏遠她的日子，已經結束了。」

昨晚，良彥勸穗乃香與哥哥好好談一談。聽了這句話的她會採取什麼行動，不得而知；不過，她應該也感覺到了吧？默默承受的日子已經結束。

良彥用眼角瞥了坐在後方的經津主神一眼。

「還有，剛才我找不到機會跟你說，現在我們是要去神社，建御雷之男神所在的地方。其實我正在辦差事。」

良彥若無其事地說道，怜司帶著陰沉的眼神回過頭來。

「建御雷之男神……是我家的……？」

「祂想找一名新侍從，指名要你擔任。你好像是一個叫做中臣時風的人類其後裔。你打算怎麼辦？」

「啥？還能怎麼辦？如果是神職人員倒也罷了，我只是普通的上班族耶！」

「就是說啊。」

良彥嘿嘿一笑，繼續說道：

「再說，建御雷之男神已經有個叫做經津主神的搭檔，過去也一直是經津主神在服侍祂，所以我才覺得奇怪。」

怜司感覺出這句話別有含意，閉上嘴巴，用打探的眼神看著良彥。巴士在柏油路上平滑地前進。

「明明重視對方，卻刻意疏遠，究竟是為什麼？」

⛩

星期日早上，鹿島神宮裡幾乎沒有香客，只有專心打掃的神職人員和巫女。在良彥的帶領下，怜司來到牌樓前，帶著依然難以置信的表情仰望高聳的朱門。

「真的要和建御雷之男神見面？」

怜司詢問穿過牌樓、通過本殿前方，毫不遲疑地走向奧參道的良彥。

「你該不會是在耍我吧？」

「我才不會做這種事咧。我不是已經說過這是差事了嗎？」

「我不相信你。」

「哎呀，等你見了面就知……」

「怜司！」

兩人的對話被奧參道彼端傳來的聲音打斷。

「來得好，怜司！身為時風後裔的你來了，我就放心了。這下子我也能夠安穩生活！」

建御雷之男神張開雙手，從鹿園的方向走來。祂的手臂依然粗壯，蹬地般的走路方式十分豪邁。

「咦？您、您是哪位？」

突然被壯碩的男人抱住，怜司用上揚的聲音詢問。建御雷之男神確認似地撫摸他全身，最後還拍了他的屁股一下。

「還問我是哪位，怎麼這麼生分呢？我可是打從你在娘胎時就認識你。沒想到會有這樣面對面的一天！如何？你看得見我吧？你和你妹妹不同，眼力不怎麼好。」

聽了這句話，怜司恍然大悟，睜大眼睛。知道穗乃香眼睛之事的人並不多。

「建、建御雷之、男神、老爺？」

說出這句話的瞬間，怜司打了個顫。釋放壓倒性存在感的男神身上湧出的靈氣，令他產生輕微的暈眩。

「沒錯，你老家奉祀的神明。」

建御雷之男神用雙手捧住怜司的臉，望著他的眼睛露出笑容。祂的反應活像是見到自己的孩子或親近的姪子一般。面對如怒濤般席捲而來的親愛之情，怜司顯然慌了手腳。
「我就說吧？見了面就知道。」
良彥望著一人一神的會面，冷靜地說道。俗話說得好，百聞不如一見。
「我、我需要多一點時間做心理準備……」
怜司本想反駁良彥，又發現前頭的漆黑劍神與金色狐神，更是睜大了眼睛。良彥循著他的視線說明：
「哦，黑色的是經津主神，金色的是方位神，兩尊都住在大主神社……哎，你應該沒看過吧……」
「不、不，經津主神我以前好像在哪裡看過……原來那不是在拍電影啊……」
經津主神帶著五味雜陳的表情聽著怜司如此喃喃自語。
「我這就說明你的工作。」
建御雷之男神抱著呆若木雞的怜司肩膀，往奧宮邁開腳步。
「對了，得先替差使兄蓋朱印——」
「請、請等一下！」
就在跟著邁開腳步之際，怜司猛然回過神來，開口說道：

「對不起，都已來到這裡才說這種話，但我很抱歉，無法達成祢的要求，請祢另找其他人當侍從。」

怜司用彬彬有禮的口吻斷然拒絕，隔了數秒後，建御雷之男神瞇起眼睛來。

「……你要拒絕？」

周圍的溫度彷彿倏然下降，良彥打了個冷顫。怜司推了推眼鏡，揀選著言詞。

「我、我並不是神職人員，離家也有十年。老實說，就連建御雷之男神老爺是什麼樣的神明，我都不清楚……」

「服侍我的不是神職人員也行。再說，如果你對我一無所知，可以從現在開始學習。有什麼不懂的地方，別客氣，儘管發問。」

「啊，不，不是這個問題……」

困惑的怜司對良彥投以怨恨的視線。良彥承受他的視線，尷尬地抓了抓頭。良彥也不願意把他拖下水。

「我、我不懂的地方太多了……別的不說，我連中臣時風是誰都不知道……」

「哦？你不知道時風啊？」

建御雷之男神站在視線游移的怜司面前，一臉懷念地盤起手臂。

「那我就告訴你吧。那小子從前是社司，養鹿很有一套，常跟我和——」

然而，這句話不自然地中斷了。突然失去聲音的建御雷之男神心下一驚，摀住喉嚨。

「……不，我不想提那時候的事。」

建御雷之男神緩緩地轉動視線，用憂愁的語調說道。他的話中似乎帶有異於失聲的另一種悲嘆，只有祂知道是什麼。

「建御雷之男神，我一直覺得不可思議……」

一陣風竄過早晨的森林，搖動樹木的枝葉，捲起塵埃，猶如被吸入奧宮一般消失無蹤。良彥下定決心，握緊拳頭。

「發不出聲音應該很不方便，祢為何不要求我替祢恢復聲音？為什麼要我找新的侍從？」

經津主神直到此時才發現這個矛盾，微微地睜大眼睛。在祂的身旁，黃金突然動了動一隻耳朵，回頭望著牌樓的方向。

「除了力量衰退以外，是不是還有什麼理由？比如不堪回首的往事、後悔或遺憾……而且，我猜應該和經津主神有關。」

聞言，建御雷之男神猶如忍著痛苦一般，垂下雙眼。見到主公這副模樣，經津主神立刻奔上前去，跪在建御雷之男神的腳邊。祂的黑袴與沙子摩擦，變成了濁白色。

「主公！倘若是我做錯什麼事，請祢儘管責罰！」

經津主神望著建御雷之男神的臉，拚命訴說：

「身為下屬，讓主公如此煩心卻渾然不覺，實在慚愧至極！」

然而，建御雷之男神並未正視經津主神，只是垂眼望著地面。祂的舉止令經津主神一陣愕然，雙唇顫抖。

「是因為我……太沒用……背叛了主公的期待嗎……？」

輕微的金屬咿軋聲從經津主神的右臂傳來，祂用左手緊緊抓住，使勁壓著。

「……我和祢是老交情了。」

在一陣似長又短的沉默之後，建御雷之男神靜靜地開口說道：

「不過，我們還是別在一起比較好。」

祂在猶如連風也隨之靜止的空間中平靜地宣告。

「……請等一下。」

怜司往前踏出一步，護著忘記呼吸、瞪大眼睛的經津主神。

「經津主神和祢向來不是兩神一組的嗎？在我家的神社裡，也是兩尊神一同奉祀。為什麼現在卻說別在一起比較好？祂是祢重要的搭檔吧？」

「正因為重要，所以必須分離。」

建御雷之男神打斷怜司的話語說道。

「這個道理你應該也很明白吧？」

在男神的悲傷雙眼注視下，怜司屏住呼吸。十年前自己轉身拋下疼愛的妹妹離家而去的身影，與眼前男神的身影重疊了。

「既然你不願意當侍從，我另找別人就是了。」

建御雷之男神意志堅定地說道。

「……為什麼？」

跪在地上的經津主神喃喃說道，祂的身子一軟，用左手撐住地面。只見抓住沙子的左手，從指尖開始慢慢變成鋼鐵色。建御雷之男神察覺此事，瞪大了眼睛。

「經津！爾的手……」

「為何想盡辦法疏遠我……」

垂著頭的經津主神，其左手不光是顏色，連質感都變得和鋼鐵一樣。

「——經津主神！」

良彥慌忙在祂身邊蹲下。變色現象從手指擴大到手背，並慢慢從手腕蔓延至上臂，猶如追隨著化成劍的右臂一般。

「喂，黃金！這是怎麼回事！」

良彥回頭詢問靜觀其變的狐神。再這樣下去，該不會擴散到全身吧？

「大國主神看到祂化成劍的右臂，不是這麼問過嗎？『力量衰退是唯一的理由嗎？』」

黃金始終一派鎮定，搖了搖尾巴。

「如果祂是自願變身的，旁人無能為力。」

聽了這句話，良彥想起期望變成白鳥的倭建命。那個皇子因為渴望得到父親的愛而打算放棄人形。

「住手，經津主神！別變成劍！」

良彥抓著祂的肩膀大叫。然而，經津主神沒有任何反應，只有教人心疼的感情從祂的全身溢溢而出。

化成劍，或許就能留在主公身邊。

「經津，別做傻事！化成劍又有何用！」

建御雷之男神在經津主神的身旁蹲下，把手放在祂的背上。

「再說，現在已經不是我用劍的時代。天下太平，化為劍神的爾無用武之地，是再好不過的事！」

不知怎地，這句話梗住良彥的思路。他記得經津主神曾說過，建御雷之男神用的原本是另一把劍，但是，那把劍後來轉手讓給東征的神武，之後時代流轉，經津主神應主公之請，成了劍神。

成了劍神。

成了劍神？

那麼，在祂成為劍神之前呢？

「……建御雷之男神。」

良彥呼喚眼前的男神。

「經津主神成為劍神之前是什麼？」

良彥緩緩詢問，建御雷之男神倒抽一口氣。

「祢耿耿於懷的就是這件事吧？」

跪在地上的經津主神微微顫抖，呼吸急促。在祂的心中，想要變成劍的自己與試圖阻止的自己似乎正在交戰。

「……莫非……」

因為這怒濤般的事態發展而呆若木雞的怜司突然想起一件事，抬起頭來。

「……在我老家，是用另一個名字奉祀經津主神。我曾經問過爸爸那個名字的意義。」

「另一個名字？」

良彥反問，怜司推了推眼鏡。

「別名伊波比主神。伊波比主即是齋主。」

怜司將視線轉向身穿黑衣的神明。

「就是奉祀神明的巫女之意。」

——爾曾說過，祈禱與奉祀是自己唯一能做的事，將身心都奉獻在這件事是理所當然的，對吧？

在順利分靈至大和，留下時風與鹿，回到鹿島神宮後，建御雷之男神如此詢問。

——不過，爾不覺得可惜嗎？像爾這樣的神明，屈居在我的庇護底下當個巫女，未免大材小用。

對於神與巫女，亦即建御雷之男神與齋主而言，一心同體可說是最貼切的說法。巫女的力量來源向來與建御雷之男神同在。

——爾願不願意獨立為神，當我的劍神？

聞言，巫女驚訝地睜大眼睛。

——可、可是我……

——是巫女，是嗎？

建御雷之男神早已料到對方會說什麼，露出了笑容。祂很清楚，巫女總是恪守其分，絕不搶先躁進，但是內心其實隱藏著比任何人都更加熾熱的鬥志。

——齋主啊，用不著以自己的強大為恥。

建御雷之男神望著巫女的美麗眼眸，露出笑容。

——祢只要維持祢的本色即可。

「要我維持本色的，不正是主公嗎！」

經津主神嘔心瀝血般的叫聲使得建御雷之男神的身子猛然一震。

「所以我才離開主公的庇護，獨立成為一神，改名為經津主神。我不再是受祢庇護的巫女，而是能與祢並肩作戰的神！當我為了迎頭趕上有武神之譽的主公而扮成男裝時，祢也是笑容滿面地看著我！」

黑袴與衣袖全都被沙子弄白，左手已然化為鋼鐵，連形狀都開始改變，即使如此，經津主神依然望著建御雷之男神，懇求般地訴說。右手的刀身削開地面，激動顫抖的身體再也支持不住，趴倒在地，亮麗的秀髮與美麗的臉龐染上沙子。

「為何現在卻要疏遠我？為何如此抗拒往事，甚至到了失去聲音的地步？」

經津主神哭著追問。然而，鋼鐵已經慢慢從脖子侵蝕至祂的臉頰。

「……讓巫女離開自己的庇護，是祢失去聲音的原因嗎？這件事就是祢的『後悔』？」

良彥一面攙扶經津主神，一面五味雜陳地望著建御雷之男神。

選擇這種人生的是經津主神。

現在感到後悔，等於是完全否定了經津主神的人生，不是嗎？

建御雷之男神閉上雙眼，咀嚼良彥的話語。接著，祂緩緩睜開眼睛，凝視著昔日的巫女。

「……我後悔的，不是讓經津獨立為神之事。」

建御雷之男神摀著喉嚨，擠出聲音、一字一句地說道。

「我是擔心爾當初是因為不敢違抗我，才……」

莫非是自己為難了對方？其實祂並不情願？主人的話語擁有絕大的威力，但是當初自己並未深思便脫口而出——不知不覺間，這股懷疑淹沒腦海，開始膨脹。

建御雷之男神輕輕把手放在經津主神的臉頰上。

「其實祢用不著像這樣弄得渾身是沙。身為美麗的巫女，祢應該還有別條路可走……」

這道聲音在中途變得嘶啞，最後幾乎聽不清楚。

要祂選擇其一，便等於是要祂捨棄其他選項。莫非是自己逼祂這麼做的？建御雷之男神的心裡一直感到後悔。

「……要爾做出選擇的是我，現在才說這番話，或許太遲了。」

建御雷之男神凝視著經津主神，無力地笑了。

「不過，我真的很重視爾……」

倘若說出一切，或許會傷害現在的經津主神，因此，建御雷之男神刻意疏遠祂。雖然近在身邊，卻不敢面對祂。

明明只是因為重視祂，希望祂過得幸福而已。

怜司聆聽兩神的對話，皺起眉頭，視線垂落地面，彷彿在忍耐著什麼。

「……爾從前的名字……我已經……叫不出來了……」

建御雷之男神的喉嚨發出些微的氣音，雙眼浮現淚水。

「爾還是……巫女時的名字……伊——」

「伊波比主」這個名字，建御雷之男神終究還是叫不出口。然而，經津主神把化為鋼鐵的左手輕輕放在撫摸自己臉頰的主公手上。

「……用不著擔心。」

經津主神濕著眼眶，努力露出笑容。

「請像過去一樣叫我『經津主神』就行了。這個名字也是主公賜給我的。」

雲層散去，陽光照射在奧參道上。從鬱鬱蔥蔥的樹林間灑下的日光，在地面上繪出枝葉的圖案。在林間陽光的照耀下，經津主神堅定地說道：

「我認為，現在待在主公身邊的經津，最有我的本色。」

不知幾時間，鋼鐵停止侵蝕，迅速變回肌膚。良彥看著經津主神的白皙左手，想起昨晚大國主神意味深長的話語。「我個人對祢倒是很感興趣。」大國主神說這句話的時候，八成已經知道經津主神是女性吧。

「……經津，對不起……」建御雷之男神用嘶啞的嗓音道歉。眼前這尊神，不再是威猛的武神，而是愛護孩子的父親。

「即使名字改變，我依然是侍奉主公的一尊劍神。」

經津主神露出凜然的微笑說道：

「即使鏽蝕，我依然會守在主公身邊，直至此身毀滅。這是我身為經津主神的驕傲。」

經津主神絕不妥協的口吻，令建御雷之男神瞪大眼睛。接著，祂的肩膀開始顫抖，發出忍俊不禁的笑聲，形成一道直奔天際的優美旋律。拂拭了杞人之憂的笑聲宛若吹散朝霧的一陣風，森林裡的小鳥們也被這道爽朗的聲音吸引，一起歌唱；樹木沙沙作響，鹿園裡的群鹿發出贊同的叫聲。見到這幅光景，良彥目瞪口呆地愣在原地。彷彿活在這片神域裡的所有生物，都想代替逐漸失聲的主人發聲一般。

「……好了，怜司。」

不久，建御雷之男神大大地吁了口氣，站起身來，把視線轉向呆立原地的怜司。

「很遺憾，經津不肯讓出侍從之位，所以沒有你的用武之地，對不住。」

「啊，不……」

怜司連忙打直腰桿。對他而言，這是個值得慶幸的結果。

「還是既然都來了，索性待在經津底下，真的當侍從試試？」

「咦？不、不用了！」

怜司連忙搖頭，建御雷之男神笑了。樹木也隨著這道充滿活力的笑聲而開心騷動。

「別當真。不過，咱們還是停止勉強自己吧。」

建御雷之男神走向祂看著長大的社家之子，溫柔地把手放在他頭上。

「有時候，即使刻意疏遠，你所重視的人還是會主動親近你。我不就是最好的證明嗎？既然如此，不如打一開始就把對方留在身邊。」

怜司的身體微微顫抖，雙手緊緊交握。

鳥兒隨著振翅聲飛向他方。建御雷之男神要怜司抬起頭來，並望著後方。

「你瞧——」

怜司也跟著回頭，刺眼的光線令他忍不住瞇起眼睛，舉手遮擋。在他的視線前端——

「你妹妹來了。」

在陽光照耀下，半邊身子染成金色的穗乃香，困惑地佇立著。

⛩

「穗乃香，妳怎麼會……妳是什麼時候來的……」

向兩尊神道別之後，朝著牌樓邁開腳步的怜司，依然不敢相信妹妹就在眼前而慌了手腳。

「……大概是從良彥先生說『除了力量衰退以外，是不是還有什麼理由』的時候……」

穗乃香細聲回答。不知是不是為了方便兄妹倆說話，良彥帶著黃金走在前頭，與兩人保持一段距離。在拿著旗子的導遊帶領下，一群團客穿過了牌樓。

「良彥先生勸我……和哥哥好好談一談。聽他那麼說，我按捺不住，就搭新幹線來了……其實在東京等哥回來也可以……」

「妳自己跑來的嗎！」

「我在京都車站遇見認識的夫妻，一起來的……」

穗乃香有些難以啟齒，含糊其詞，又略微露出苦笑。

「我把壓歲錢都領出來了。」

幾年沒見的妹妹，比怜司想像的成長了許多。她的個子變高，手腳修長，側臉成熟得令人心驚，最重要的是，她的表情變得豐富許多。

「……有件事我想當面問哥哥……」

穗乃香有些緊張地仰望怜司。怜司承受著妹妹筆直的視線，下意識地倒抽一口氣。從前的她有這種彷彿能夠看透人心的眼神嗎？

穗乃香握住拳頭，吸了口氣。

「……你是不是討厭我？」

這句話挖空怜司的胸口。

「所以才搬出去的……？」

穗乃香拚命克制著泫然欲泣的感情。這也是當然的，誰想確認自己是否遭人厭惡呢？

但是，自己卻害得穗乃香這麼做。

害得心愛的妹妹提出這樣的問題。

「不是的，穗乃香，我——」

我把妳看得比任何事物都重要，只是如此而已。

「……我只是希望妳能夠露出笑容……」

既然待在身邊會讓她悲傷，只好狠下心來疏遠她。不過，怜司心裡真的只有這個念頭嗎？

莫非他是把穗乃香當成沉重的負擔，所以才逃之夭夭？

「因為我完全幫不上妳的忙……」

或許他才是那個不知該如何與擁有異常眼睛的妹妹相處的人。

「……沒這回事。」

在迷惘的思緒之中，這道清澈的聲音筆直地貫穿怜司。

「……我還記得，小時候，哥哥抱著哭泣的我。」

對於只能擁抱妹妹的自己，怜司一直有種無力感。

「……很溫暖，讓我很安心。」

其實只要擁抱便已足夠。

「穗乃香……」

怜司眨了眨眼，忍住幾乎奪眶而出的淚水。他不能在妹妹面前哭泣。

「對不起……」

然而，雖然他努力維護身為哥哥的顏面，卻因為見到妹妹睽違已久的微笑而功虧一簣。

⛩

「我早就有預感穗乃香會過來，畢竟是星期日，所以我才頻頻檢查手機，可是一直沒有聯絡，我還以為她不來了。」

走出牌樓的良彥，在鄰接神社的停車場裡發現鮮紅的敞篷車。

「沒想到居然是這對夫妻陪她來的……」

躺在後座的是一尊男神。駕駛座上的男神妻子滿面笑容地迎接良彥。

「我來找不知不覺間消失無蹤又一直不回家的丈夫，結果碰巧在京都車站遇上穗乃香，覺得好像很有意思才跟來的。」

須勢理毘賣穿著貼身的白色套裝，將墨鏡推到額頭上，並蹺起修長的雙腿。

「搭新幹線很好玩呢，我讓穗乃香坐在三人座位的正中間。不過，我們所坐的那一側看不見富士山。」

「咦？祢是搭新幹線來的？不是靠神明的力量？」

「除非國家發生大事，否則我不會使用神力。就連來這裡，我都是乖乖在東京租車開過來的。」

須勢理毘賣一臉自豪地指著敞篷車。看來最好別問祂有沒有駕照。

「……導航明明說得開一個半小時，祂卻只花四十分鐘就衝來……真虧穗乃香能夠若無其事地坐著……」

大國主神在後座慢吞吞地撐起身子，臉色發青地摀著嘴巴。原來神明也會暈車，真是個新發現。

「……祢替我留意穗乃香的動向嗎？」

良彥把手放在車門上，如此詢問。大國主神有些難為情地撇開視線。

「……哎，是我提議讓穗乃香開口的。再說，我還欠你名草戶畔那時候的人情……反正回出雲的路上也得經過京都。別的不說，我本來就是站在美女這一邊。」

大國主神喃喃說道，再度望向良彥。

「總之，這下子我的人情債已經還清了！其實我根本不想來這種地方……」

大國主神無精打采地說完這番話之後，再度倒在後座上。

「居然能讓大國主神變得如此衰弱……不愧是須佐之男命的女兒。」

黃金說出莫名其妙的感嘆。須勢理毘賣到底是怎麼開車的，良彥實在不願意做具體的想像，只怕會看見摩納哥的幻覺。

「欸，良彥。」

須勢理毘賣泰然自若地將花俏的捲髮撥到耳後。

「穗乃香和她哥哥能和好嗎？」

祂應該是聽穗乃香說的吧？面對須勢理毘賣的問題，良彥面露苦笑。

「說什麼和好？他們只是有點誤會，鬧彆扭而已。只要解開誤會，應該就和一般兄妹沒兩樣吧？」

話才說完，良彥便感到一絲不安。怜司的溺愛程度早已遠遠凌駕一般水準，過去他為了扮黑臉而刻意節制，但是誤會解開以後，他再也不必克制了。以後他甚至可以光明正大地趕走圍在穗乃香身邊的蒼蠅。

「……咦？我有種不祥的預感……以後他該不會更加敵視我吧？」

良彥打了冷顫。這麼一提，怜司一直威脅自己別靠近穗乃香，這件事壓根兒還沒有解決。

遠遠地可望見穗乃香與怜司從牌樓方向走來。兩人站在一起一看，端正的臉龐果然十分神似。穗乃香發現良彥，揮了揮手，身旁的怜司則是板起臉孔瞪著良彥。

「看來會有一場風波了。」

須勢理毘賣倚著座椅，興味盎然地喃喃說道。

秋天的清爽陽光灑落四周。

要點

神明講座 2

第二章是發生在十月的故事。十月是神無月，大國主神不是應該待在出雲嗎？

舊曆十月又稱為神無月，在這個月裡，全日本的神明都會前往出雲，召開結緣神議（會議）——這是很常見的說法。至今在出雲，仍稱呼十月為「神在月」，以出雲大社為首，許多神社都會舉辦神在祭等莊嚴的神事。不過，這些神事是配合舊曆舉辦的，實際上神明聚會的時間是在新曆十一月。因此，作品中的十月，大國主神依然可以到處閒逛。

不過，也有人提出否定的論點，認為神無月是神明聚會的月分這個說法，只是民間傳說。

別的不說，依本作大國主神的作風，
就算正在召開神議，
大概也會偷偷溜出來吧！

三尊　給親愛的姊姊

一

我沒有故鄉。

由於父親時常調職，國中、國小時代，我總是以十個月至三年的週期反覆搬家，因此沒幾個長年往來的朋友。祖父母住在北陸，我也是在那兒出生的，但當時尚未懂事的我唯一記得的事，就只有祖父家老舊按摩椅皮革剝落的顏色而已。

進入高中以後，父親獨自前往外地工作，我有緣在奈良度過青少年的最後時期，後來便直接就讀奈良的大學、在奈良工作，並和在奈良相識的九州男性訂婚。婚後，我應該會住在九州吧。我的人生果然無法在同一個地方安安穩穩地定居。

「啊，對不起！」

前往九州的渡輪出港，約過了一個小時。甲板上的風意外地強，晚秋的夜晚寒意逼人，大家都是一面壓緊上衣衣襬，一面拿著相機或智慧型手機。再過不久，便會穿過位於行進方向的明石海峽大橋下方，大家正準備以大橋為背景拍照。

左側的青年一個踉蹌，撞上綾子的肩膀。綾子緩緩地脫離沉思，找回日常的感覺。

「對不起，被風吹得站不穩。妳沒事吧？」

抬起頭來一看，似乎比自己小了幾歲的青年拿著智慧型手機，頭髮隨著強風翻飛。他身穿牛仔褲、布鞋、連帽外套加黑夾克，一身休閒裝扮。

「我沒事。啊，先別說這些了……」

綾子指著他的後方。一到晚上九點，明石海峽大橋的燈光就變成七彩色調。燈光會隨著時間改變，大家都是衝著這個而來的。

「你不拍照嗎？」

「啊，對喔！」

他露出有些誇張的反應，轉向逐漸逼近的大橋。此時，他突然叫了一聲「好痛」，似乎在閃避腳邊的某樣東西。正當綾子感到訝異之際，他又若無其事地回過頭來。

「話說回來，小姐，妳不拍照嗎？」

綾子登上甲板只是想吹吹晚風而已，直到現在她才發現在旁人看來，自己也是前來欣賞燈光的群眾之一。

「不要緊，反正我以後多的是機會搭船。要不要我替你拍照？」

綾子如此提議。以後，為了準備婚事及婚後回家省親，搭乘這艘船的機會應該會增加不少。綾子向來不喜歡匆匆忙忙的感覺，有大浴場可以放鬆身心，又能在悠哉睡覺的期間將自己載到目的地的渡輪很對她的胃口。

「啊，那……可以麻煩妳嗎？」

這麼一提，青年也是獨自旅行。綾子接過手機，使勁拿穩，以免手機因為強風吹襲而晃動。青年背向綾子綁鞋帶，又做出抱起放在地面上的大型物品般的動作站了起來，但手臂中卻是空空如也。

「不好意思，只要拍到胸部以上就行了。」

青年擺出雙手固定的不自然姿勢，客氣地笑著。見到他和善的笑容，綾子回過神來，把視線轉向攝影ＡＰＰ已然啟動的智慧型手機液晶畫面。

「那我要拍囉。」

雖然不明就裡，但既然對方要她拍，她就拍吧。

綾子按了幾次快門，拍下已經十分接近的七彩大橋。青年道謝後接過智慧型手機，兩人在穿越橋下的瞬間不由自主地抬起頭來。平時看不見的橋底，井然排列的鋼筋沉沒於夜色之中，與光鮮亮麗的燈飾截然不同的世界拓展於眼前。

「哇，我是第一次看見橋底……」

青年喃喃地感嘆，待渡輪穿過橋下之後，他再度向綾子道謝，然後一面留意腳下一面回到了船裡。

「……他的腳受傷了嗎……？」

最後還是沒機會問他是不是獨自旅行。直到現在，綾子才因為十一月的冰冷海風而打顫，與其他乘客一同穿過門口，回到船裡。

「妳終於要結婚啦。」

這回為了前往九州而申請特休假時，綾子任職的市立博物館館長前島，抓了抓年近花甲、頭髮稀疏的腦袋，如此嘀咕。

「難怪岡澤在研習會之後也常常露臉。沒想到你們在交往，真是太讓我驚訝。」

專攻歷史學的前島，在擔任大學教授多年以後就任博物館館長。他毫不在乎個人資歷或世人的目光，唯一的興趣便是解讀古代的謎團。而令他有萬人迷之稱的人品，更是讓他每逢年節便收到許許多多的問候卡及禮品，寄件者北自北海道、南至沖繩，遍及全國各地。在工作上，他素以培育未染習氣的年輕人為樂，態度從不因為對方是學藝員（註10）或行政人員而有所不同。這是優點也是缺點。因為這個緣故，其他的學藝員學會了如何泡出好喝的茶，身為平凡臨時行政人員的綾子，反倒通曉了古代日本史。

「岡澤不是衝著我，是衝著前島館長來的。他被您迷得神魂顛倒，拜託您可別把住在博物館裡的壞習慣也傳授給他。」

岡澤在九州的博物館裡擔任學藝員。兩年前，市立博物館舉辦了學藝員技術研習會，自從當時聆聽前島授課以來，岡澤便十分傾慕前島的人品。

「是嗎？這我可就不負責了。」

前島一面移動愛用的捶肩棒，一面賊笑。觀光地的禮品店裡常見的捶肩棒，有時可化為簡報指示棒，有時又可將遠處的物品勾到手邊，前島就像個魔杖不離手的魔法師一樣，隨身攜帶這根棒子。

「婚禮是什麼時候？」

「目前暫訂在明年秋年。其實春天也可以，但場地都被訂光了，反正我們也不急，慢慢找就好。」

替前島重新泡了杯茶的綾子，把他專用的茶杯放在桌上。

「所以到那時候，我就會離職了……」

這件事她已經和前島商量過。婚後，她會搬到岡澤的家鄉九州。要說她對於這裡的工作毫無眷戀，是違心之論；不過，這是小倆口討論過後得出的結論。

「唉！如果妳是個幹練的研究員，我就會挽留妳了……不過這種事輪不到我插嘴。」

前島聳了聳肩，啜飲一口茶。綾子剛進博物館工作時，前島便已經是館長，現在回想起來，前島一直對她關照有加。

「岡澤的老家是在九州的哪裡？」

「福岡，在博多的東邊……聽說在宗像大社附近。」

綾子的知識雖然不及專家，但也同樣對史蹟有興趣，尤其是位於宗像大社外海的滄海孤島——沖之島，用於古代祭祀的遺跡及遺物都還保持原狀，並未埋沒於黃土之中，素有「海上正倉院」之名，至今仍然嚴守禁止女人進入、登島時必須淨身、不可帶走一草一木一石等規矩。岡澤也常說想前往一觀，但是目前除了一年一度的大祭以外，其他日子都禁止一般人進入。

註10：博物館裡負責資料收集、保管、研究調查等工作的專業性職員。

「福岡啊……搭乘渡輪得花上十二小時左右吧？」

前島突然停下捶肩棒，望著一片混亂的桌面。在厚厚的檔案夾、冷門的土偶模型及封面泛黃的資料雜亂無章地占據的空間中，前島翻閱一疊沾上了咖啡漬的文件，並從中抽出幾張紙。

「既然這樣，這個給妳拿去消磨時間。剛翻譯好的。」

前島遞給綾子的報告紙共有五張，上頭是以前島的獨特字跡寫下的短文，分成好幾個段落。

「這是什麼？」

綾子大略瀏覽過後，歪了歪頭。文章中途有些空格，給人一種整體內容並不連貫的印象。這是草稿嗎？

「前一陣子，我當教授時認識的朋友帶了份史料給我，託我翻譯內容，我有空就翻譯了一些。史料損傷得很嚴重，難以辨識，我還沒翻完。」

「史料……」

「應該是日記或書信吧，一張一張地黏起來製成卷軸。他要我看完以後跟他說感想。那些史料被蟲蛀得很厲害，能看的部分不多，根本看不出是什麼人在什麼時代寫的。」

前島再度用捶肩棒敲打自己的肩胛骨一帶。

「史料上沒有年號或日期，也看不出署名，就連紙張的種類也不盡相同。唯一看得出來的只有字體。」

如前島所言，鑑定史料時，有幾個必須確認的部分。倘若有年號，自然是一目了然；若是沒有年號，就得用其他方法來確認史料的編寫年代。

「沒有其他線索嗎？」

綾子拿起手邊的文件夾，將報告紙收進去。前島常為了聽聽第三者的看法而徵詢她的意見。不光是學藝員，所有職員都會被他拖下水。

「光看字體，筆鋒穩健、大而化之，就我的經驗判斷，比較接近飛鳥時代的史料。不過，若真是飛鳥時代的史料，那可是大事啊！鐵定會成為重要文化財，搞不好還能成為國寶呢！」

有別於現代用電腦打字、印表機列印的活字，手寫的古代史料其格式及字體往往因時代而不同。和明確記載年號及日期的官方檔案互相比較、確認年代，也是鑑定者的工作。

「的確……再說，那個年代的日記好像不常見……」

「寫在曆書上的註記之類的東西倒是有……無論如何，一時之間我實在是難以相信，現在還在懷疑那是不是贗品呢。」

前島板起臉孔，身體靠在椅背上。飛鳥時代使用的主要是木簡，記載在當時仍屬貴重品的紙張上的史料少之又少，因此，身為研究者，首先懷疑那是某人仿照古代史料製成的贗品，也是合理的判斷。

「……只不過……」

前島仰望天花板，喃喃說道：

「其實除了那份史料，還有另一樣東西，就是《和銅經》的其中一卷。」

「《和銅經》？」

「說《長屋王願經》應該比較好懂吧？」

「長屋王？是長屋王之變的……？」

綾子不禁瞪大雙眼。長屋王即是天武天皇的孫子，在奈良時代前期，被敵對的藤原氏構陷，因而喪命。《長屋王願經》是長屋王生前為了哀悼駕崩的堂兄文武天皇所抄寫的經文，做為日本最早有據可考的《大般若波羅蜜多經》而聞名。

「這樣的經書怎麼會跑到我們博物館來……？」

綾子記得《和銅經》已經被認定為重要文化財，放在適當的地方保管。前島對仍然一頭霧水的她說明：

「據說《和銅經》全部共有六百卷，其中大約有兩百卷是由幾座寺院分別保管，其餘還有

十二、三卷流落在民間，我朋友拿來的就是其中一卷。他好像也是受熟人之託，要我幫他鑑定真假。」

真是的，根本是做白工——前島嘴上這麼說，臉上卻流露出喜色。對於工作即是興趣的他而言，這種不尋常的委託總是令他興奮不已。

「從內容和裝訂看來，那卷《和銅經》是真品的可能性很高。我正在洽詢保管其他卷《和銅經》的寺院。這份史料就是跟《和銅經》一起放在民家倉庫裡保管。」

前島指著遞給綾子的報告紙。

「聽說從前是放在同一個箱子裡，上了封條，而且祖宗傳下家訓，交代不可以把這兩樣東西分開放。這一點讓我覺得有點蹊蹺。」

《和銅經》在鎌倉至室町時代曾經更改裝訂方式，從卷軸書變成折頁書，而前島翻譯的史料是把紙一張張地黏貼起來，裝訂為卷軸。乍看之下，似乎毫無關係，為何祖先不允許子孫將這兩樣物品分開安放？

「……兩者之間有什麼關係嗎？」

綾子歪頭納悶，前島半是嘆息地說道：

「要是知道就好辦啦。」

渡輪的客艙分為特等艙至二等艙等數個等級，擔心綾子孤身旅行的未婚夫替她訂了一等艙的單人房。這次旅行的目的，是向未婚夫的父母報告結婚的喜訊。他應該是希望綾子在旅途中可以放鬆身心，才這麼安排的吧。

「長屋王的《和銅經》啊？」

綾子從包包中拿出文件夾，重新瀏覽文章。雖然她高中選修過日本史，但是大學讀的是國文系，因此歷史知識有不少闕漏。再說，雖然這份史料是和《長屋王願經》一起送來的，但是與長屋王究竟有無關係，尚無法確定。只不過，特意將兩樣物品放在一起保管，難免令人揣測兩者間有某種關聯。

綾子坐在床上，從文件夾中拿出報告紙。安裝在床尾上方的電視螢幕，映出了顯示渡輪現在所在地的航線圖。

□□□宮的庭院裡的梅花開了，鳥語花香、風和日麗的春天到來。

服喪的這一年間，縱使山頭染上楓紅、披上白雪，我的心依然不為所動。然而，今天發現了綻放的花苞，卻讓我突然想動起筆墨。倘若□□□人的性命便如同露水，就讓我以這些露水蘸墨，留下文字吧。不知有誰會閱讀這樣的我寫下的□□□。

話說回來，把□□□寫在紙上，著實教人緊張。雖然兒子取笑我，難得有□□□，還是□□□吧。應和煦的春光之邀，□□□幾個故事。我想□□□也會高興的。

开

良彥一覺醒來，發現自己處於陌生的幽暗空間中。那是個一翻身牆壁就在眼前的狹窄場所，牆壁和天花板都是用原色木材打造而成，在經年累月之下微微地變了色。前天，宣之言書上浮現坐鎮於福岡的神明名字，因此他便搭乘交通費最為便宜的渡輪前往。剛才他明明還睡在二等客艙那難以入睡的薄床墊與硬枕頭上，是在什麼時候移到單人房來的？

「……這裡不是渡輪。」

意識好不容易變得清晰，良彥為了讓自己的感覺更加明確，便出聲說道。接著，他回過神來，猛然坐起身子。是意外？還是綁架？他還記得自己站在渡輪的甲板上，以大橋為背景，抱著黃金請人拍照，完全不記得自己曾走下渡輪。

「黃金！」

良彥環顧狹窄的室內，尋找狐神的身影。仔細一看，木板地上鋪著草蓆，而他正是躺在草蓆上。腳邊沒有牆壁，可以直接看見外頭的景色。

「這裡是哪裡啊……」

似乎不是海上，而是陸地。眼前被裁成四角的景色中，只有草木和石頭。回頭一看，枕邊有個高了一截的平台，上頭擺著一張八腳矮桌，桌上放著盛供品的三方（註11）；後頭的牆上有道門，似乎可以通往另一頭。

「是神社嗎……？」

良彥對這般景色有印象，和一言主大神閉門不出的房間很相似。這麼說來，是神明搞的鬼？他是差使，又有一尊食客方位神跟在身邊，應該不會如此輕易遭遇生命危險才是——但願如此。

逐漸恢復冷靜的良彥，確認自己並未受傷或有任何異狀之後，便尋找智慧型手機打算聯絡人。然而，他想起自己睡前把手機從口袋中拿出來放在枕邊，不禁微微地彈了下舌頭。這麼一提，裝著換洗衣物的行李袋和布鞋也不在身邊，似乎只有他的人被搬了過來。

「真的假的……」

良彥咕噥一聲。早知如此，他至少該抱著皮夾睡覺的。又或是那些行李全在把自己搬來此地的人手上？良彥吐了口氣，站起身打算先出去再說。黃金不見蹤影，令他有些擔心。

「……話說回來……」

赤腳走出建築物的良彥為拓展於眼前的景色震懾，目瞪口呆地環顧四周。

「這裡到底是哪裡……」

符合原始林之名的茂密森林占據了整個視野，籠罩著一層薄霧。往腳邊一看，有道低矮的人工石牆，藤蔓狀的植物就像觸手一樣，從縫隙間爬滿整面牆。豎耳傾聽，只聽得見鳥叫聲，完全聽不見汽車引擎聲或人語聲。冰涼的空氣令良彥打了個顫，縮起身子。莫非這裡是陰間？這個念頭半是認真地在腦中打轉。

「先找到黃金再說……」

良彥喃喃自語地回過頭，再度愣在原地。剛才自己躺著的地方果然是座小社殿，而後方竟有個比建築物更為龐大、往外凸出的巨岩。看起來隨時可能崩塌的小山般巨岩，嵌進了社殿的

註11：用來擺放供品的神道用具，上為四角盤，下有托台相連，托台的前方與左右都有洞，故稱為「三方」。

屋簷。

「這個地方本來沒有社殿。」

聽見背後傳來的熟悉聲音，良彥猛然回過頭。

「黃金！」

「是三、四百年前才建造的。在那之前，都是以巨岩為盤座（註12），舉行祭祀。」

黃金往枯葉堆積的地面坐下，黃綠色的雙眸一如平時般冷靜。

「祢跑去哪裡！我很擔心耶！」

「我何須你來擔心？」

黃金有些不滿地看著跑上前來的良彥，吐了口氣。

「我可是神啊。倘若是凡人倒也罷了……」

「我還以為祢聽說有饅頭可吃就跟著陌生人走了，還是聽說巧克力發生車禍，就上了別人的車！」

「良彥，你到底把我當成什麼！」

「傳聞果然不假，你們的感情真好。」

就在良彥的小腿被黃金猛踹之際，一道帶著笑意的沉穩女聲傳入耳中。良彥環顧周圍，尋找聲音的主人，發現在瀰漫森林的霧氣中，出現了三個令空氣倏然增色的女子。

「差使公子，請恕我用這種粗魯的方式相請。得知爾正在前來的路上，我便臨時起意，請爾移駕至此。」

說這句話的女子穿著優美的長襬衣衫，吸引了良彥的視線。朱紅色、淡桃紅色與嫩綠色的和服相疊，寬鬆的袖口下，有塊柔和蕩漾的薄布覆蓋著指尖；腰部底下圍著湖綠色布塊，緩緩垂落地面。烏黑的長髮除了披垂於背上的部分以外，另外在頭頂上紮成兩個圓圈，並以纖細的金飾纏繞著。翡翠額飾與白皙無瑕的肌膚相互映襯。侍立於祂身後的另外兩名女子，也穿著不同顏色的類似服裝，但是飾品就沒有那麼華麗。

「用粗魯的方式相請……指的是把我從渡輪帶來這裡的事，沒錯吧……？」

三名美女突然出現，令良彥大吃一驚，一面交互打量著祂們與黃金，一面問道。眼前的三名女子顯然是神明，莫非是宣之言書上浮現名字的差事神？良彥已經辦過不少差事，這是頭一回遇上神明主動前來迎接。

註12：神明的寶座。

「沒錯，不過只有意識。你的身體現在還在渡輪的船艙裡呼呼大睡。」

在戴著翡翠額飾的女子身後，看起來年少幾分的女子插嘴說道。

「只、只有意識？」

良彥重新環顧自己的身體。目前他的觸覺並無異常，也感覺得出溫度與氣味，可是現在的身體卻不是普通的肉體嗎？

「還可以這樣啊……」

「我們是神明，當然可以。這座島一般人無法進入，用尋常手段來不了，所以大姊才提議把你的意識請過來。」

說得若無其事的這名女性有張圓臉，看起來十分討人喜愛，口吻也相當隨和。身上的淡藍色衣衫和她的細膩肌膚十分相襯。

「湍津，姊姊正在說話，別插嘴。」

身穿鵝黃色柔軟衣衫的女子如此告誡。祂們都稱呼最前頭的女子為姊姊，莫非是三姊妹？

「一般人無法進入……？」

良彥重新環顧周圍。用尋常手段來不了，他究竟被帶到多麼荒僻的島嶼？

黃金用黃綠色眼睛仰望歪頭納悶的良彥。

「這裡是玄界灘外海，凡人稱為滄海孤島之地。」

「滄、滄海孤島？」

「這一帶浪大，連船隻都不易接近，所以三女神才親自邀請你前來。你要感謝祂們。」

黃金說道，良彥啞然無語地回望著祂。他依然一頭霧水，總之，這裡是人跡罕至的神域，沒錯吧？

「無論如何，首先要歡迎差使公子大駕光臨。」

戴著翡翠額飾的女神用袖口的薄布掩住嘴巴，微微一笑。

「差使公子，歡迎來到沖之島。」

祂緩緩攤開衣袖，陽光就像是等著這一刻，從枝葉縫隙間灑落。光線使得朝霧染上透明的藍色，祂們看起來宛若佇立於海上。

「沖之島……？」

美麗炫目的光景令良彥下意識地倒抽一口氣。

「我的名字叫田心姬神，是統治這片大海的宗像三女神長女。」

那正是宣之言書上浮現的女神名字。

⛩

「我們宗像三女神，分別被奉祀在九州本土的宗像總社『邊津宮』、總社外海約十公里處大島上的『中津宮』，以及隔了約五十公里遠的這座沖之島上的『沖津宮』。順道一提，排行第二的姊姊市杵嶋姬神，平時是待在本土的邊津宮，而身為么女的我——湍津姬神，是待在大島的中津宮。」

良彥跟著帶領他們參觀島上的湍津姬神腳步。掉落在地面上的枝椏，在他的腳下劈啪作響。由於島上一片靜謐，就連這樣的聲音都顯得刺耳。聽說這是座周長約四公里的小島，但是完全聽不見波浪聲，只有鳥叫聲在森林裡迴盪。

「關於三姊妹的排行，在凡人之間有各種傳說。在宗像大社，我是次女，市杵嶋姬神是么女。這一點你稍微知道一下就行了。」

湍津姬神繼續說道，似乎不以為意。莫非對於神明而言，誰是姊姊、誰是妹妹並不重要？

「這座島是無人島，神職人員只有一人，就住在這裡，每隔十天換一次班。自古以來，這座島便被稱為『不言島』，在島上的所見所聞不可告訴他人。此外，還有不許帶走一草一木一石的規矩。雖然你是差使，但還是得遵守這些規矩。」

湍津姬神踩著熟稔的步伐，穿過以隨時可能滾落的角度靜止不動的巨石之間。社殿周圍還有修葺過的石階，但是越往深處，道路就越不像道路。枯葉堆積、石頭與樹根攀爬的裸露地面一路延伸，不易行走。對於沒穿鞋子的良彥而言，更是寸步難行。

「我沒打算四處宣揚，也不想帶走任何東西，不過，沒想到現在還有這麼嚴格的規矩。」

現在已是人類朝宇宙發射火箭，甚至連自己的基因都能解析的時代。在這樣的時代，這座彷彿與規矩一起被遺留於塵世之外的島嶼，給予良彥一種不可思議的感覺。

「這是一座特別的島。」

走在前頭的湍津姬神停下腳步，回過頭來，並緩緩指向地面。

「你瞧。」

良彥依言垂下視線，發現一個半埋在土中的小壺碎片。

「……這是什麼？」

良彥忍不住蹲下來，湍津姬神也彎下膝蓋。

「是須惠器。」

「須惠器？」

良彥歪頭納悶，一旁的黃金嘆了口氣。

「凡人製造的陶器。你在學堂裡究竟學了什麼啊……」

黃金感慨地搖了搖頭，良彥皺起眉頭來。談到陶器，他的知識還停留在繩紋陶。

「這大約是凡人所說的七世紀時的東西……咦？還是六世紀？這是什麼時候打破埋起來的啊……」

湍津姬神獨自嘀咕著，隨即又站了起來。

「總之！這裡是神之島，也是祭祀之島。多虧了海風，這類古代祭器並沒有被黃土掩埋，依然保留。對於神明與凡人而言，都是個寶貴的地方。除了陶器以外，還有銅鏡、鐵劍、勾玉、金戒指……啊，我很喜歡那只戒指，卻被凡人的調查隊給取走了……還有華蓋上的金飾、玻璃器皿……」

「咦？等等，祢說的那些，全都是從這座島上挖掘出來的？」

良彥詢問屈指計算的湍津姬神。剛才祂說的須惠器是六世紀或七世紀的東西，換句話說，在那個時代，有那麼多寶物被供奉在這座島上？甚至還有在現代也很貴重的金屬製品。

「沒錯。這座島上的祭祀活動是在四世紀左右正式展開，之後持續了約五百年，東西當然累積了不少。聽說光是昭和時代的發掘調查隊帶走的祭祀文物，就有八萬件之多。」

「八、八萬件！」

良彥不禁大聲說道。就連現在稍微環顧周圍，都可看見四處散落的陶器碎片。這些東西被隨意擱置，代表島上原來擁有更為大量的貴重祭器？

「那八萬件文物應該都被指定為國寶了，所以這裡才被稱為海上正倉院。」

聽到黃金的解說，良彥不禁微微踮起腳尖。要是不小心踩到什麼國寶級的東西，可就鑄下無可挽回的大錯。

「大姊不忍心這些蘊含凡人心意的物品就這麼腐朽，所以允許調查隊來挖掘，不過我到現在還是有點不服氣。」

湍津姬神孩子氣地嘟起嘴巴，與兩個姊姊不同色調的衣衫隨之搖曳。

「他們連我藏在這塊岩石後面的銅鏡收藏品都全帶走了……」

「……哦、哦～那還真是……遺憾啊……」

良彥不知該做何反應，抓了抓頭。調查隊也料不到女神在收藏銅鏡吧。

「不過，其實我也知道這是無可奈何的事。」

湍津姬神輕輕觸摸幾千年來都以相同模樣存在於同一處的小山般巨岩。

「只要那些銅鏡能夠傳達從前在此祈禱的凡人心意，那就夠了。」

渡海而來的風吹過原始林。良彥的視線宛若追逐著風似地望向上空，回想起剛才田心姬神交辦的差事。

「對於身為現代凡人的差使公子而言，或許會覺得有些不合時宜，不過，這座島上至今仍然嚴禁女人進入。」

在先前安置良彥的社殿之中，田心姬神背對著深處的本殿而坐，娓娓道出差事的內容。

「神職人員以外的人，一年只有一次機會登島，就是在五月的祭典時。即使是這時候也有人數限制，而且只准男人參加。理由似乎有好幾個，但並非是我們三女神訂下的規矩。凡人有凡人的道理，我們無意干涉。」

剛才良彥沒發現，原來社殿的牆上有扇嵌了木板的窗子，只要拿下木板，建築物裡就變得出奇明亮。三女神齊聚一堂，更是增添了社殿的光彩。

「啊，不過女神會嫉妒之類的理由，倒是希望凡人別再用了。我還挺喜歡女生聚在一起的。」

湍津姬神天真無邪地插嘴，坐在旁邊的市杵嶋姬神使眼色制止祂。看來湍津姬神似乎是個想到什麼就說什麼的直腸子。

道而已。

「我記得相撲的土俵也是禁止女性進入。」

良彥從記憶中挖出在電視上看到的知識。或許日本仍有遵守這類規矩的地方，只是他不知

田心姬神緩緩點頭肯定良彥的話語，繼續說道：

「不過在古代，這座島上是有女人的。」

聽到這番意料之外的話語，良彥瞪大眼睛。

「曾有好幾個女人以奉祀神明的巫女身分侍候著我們。她們在這座島上舉行祭祀，並在大島和本土舉行相同的儀式……然而，現在這些女人的紀錄完全沒有留下來。在漫長的歲月之間，凡人似乎遺失了相關紀錄。」

插在女神秀髮中的金色飾品微微搖晃。

「我感到很遺憾。能否請爾趁著我們還記得這些女人時，尋找她們的痕跡？」

聽了這句話，市杵嶋姬神心下一驚地抬起頭來。然而，在旁人察覺祂的反應之前，祂便又垂落視線，緊緊地抿起嘴。

「痕跡？」

良彥困惑地反問。既然祂們記得巫女的存在，還要找什麼痕跡？

「沒錯。我希望爾幫忙找出透過凡人之手留下的相關紀錄。換個說法，就是物證。這樣應該比較好懂吧？」

田心姬神筆直地凝視著良彥。面對祂清澈的眼睛，良彥暗自倒抽一口氣。

「在現世的時光洪流之中，我們的記憶總有一天也會淡化，到了那個時候，我希望還有記憶以外的物證，供我們再次憶起她們。」

聽著姊姊的話語，湍津姬神一臉擔心地窺探身旁的市杵嶋姬神。

「說來慚愧，我們已經沒有追溯痕跡的力量。」

田心姬神露出困擾的微笑，祂的表情給良彥的胸口帶來一陣鈍痛。

「巫女存在的痕跡啊……」

良彥與湍津姬神一同仰望巨岩，喃喃說道。

這座島上曾經舉辦過大規模的祭祀，這一點是無庸置疑的；但要證明曾有巫女參與其中，卻是難如登天。

「話說回來，既然古代曾有巫女待在這座島上，為什麼後來又會禁止女人進入？我記得從前的日本是母系社會吧？不是女人比較強勢嗎？」

良彥追著朝社殿邁開腳步的湍津姬神，如此詢問。記得在調查名草戶畔之事時，達也的父親曾如此說過。而名草戶畔也一樣，既是女人也是巫女，同時是統率全族的酋長。

「哦，真虧你還記得。」

湍津姬神尚未回答，黃金便回過頭來對良彥說道：

「的確，在古代的日本，掌權的通常是女人，因為她們是傳達神諭的巫女。你知道的卑彌呼亦是其中一例。不過，後來受到大陸傳來的文化影響，這種看法便漸漸改變了。」

湍津姬神踩著依然輕盈的步伐，點頭附和，瞥了他們一眼。

「你也知道，凡人的女性不是都有月事嗎？在當時，出血被視為不潔、汙穢之事而受到厭棄。其他還有各種說法，比如會妨礙修行之類的。」

通過社殿前方、穿越木造鳥居，頂著覆蓋頭上的枝葉，湍津姬神走下了石階。

「還有，要到這座島上來，必須越過玄界灘的狂濤巨浪。」

終於來到可以望見大海的地方，湍津姬神停下腳步。海面反射陽光，閃耀著白色的光芒。在裸露的岩石上，良彥使勁踩穩，以免被強烈的海風吹跑。雖然有供船舶停靠的港口，防波堤彼端的大海卻是波濤洶湧，彷彿在抗拒外人靠近一般。

「擁有堅固船隻的現代姑且不論，古代只有木舟或帆船，船隻翻覆是常見的事。為了保護寶貴的巫女，亦即女性，因此刻意不讓她們渡海登島也是一種說法。」

「原來如此。」

良彥一面把手放在額頭前遮陽，一面環顧周圍。不愧是滄海孤島，周圍完全不見其他島嶼。船隻一旦翻覆，想必是生機渺茫。

「我們並不清楚凡人訂定規矩的細節，再說，隨著時代演進，往往會有些理所當然的事變得不再理所當然。長年奉祀我們的大宮司家在戰國時代斷了嗣，或許巫女的紀錄也是因為當時的混亂而失傳。」

湍津姬神瞇起眼睛，眺望遠方，淡藍色衣衫隨風翻飛。祂說話的語氣天真無邪，給人的感覺不像神明，倒像是個高中女生，但是一看見祂這種表情，便教人不由得肅然起敬。

「啊，對了！」

湍津姬神突然敲了下手，回頭望著良彥。

「雖然我收藏的銅鏡被沒收，但還有個漂亮的壺。其他類似的壺已經成了國寶，可見得這也是很貴重的物品。大姊和二姊都不知道，我特別破例給你看看！」

「湍津。」

湍津姬神拉著良彥的手，正要拔足奔跑，卻被一道節制但不容抗拒的嚴厲聲音叫住了。

「適可而止吧，別讓凡人看太多島上的東西。」

不知道市杵嶋姬神是什麼時候來的，只見祂從石階上方俯視著良彥等人。有別於落落大方的田心姬神與天真爛漫的湍津姬神，祂擁有英氣凜然的美貌。但不知何故，祂投向良彥的視線有些冰冷。

「咦？良彥是差使，有什麼關係？」

「姊姊要大家過去，上來吧。」

市杵嶋姬神帶著不容分說的眼神，對嘟起嘴巴的湍津姬神如此說道。接著，祂向黃金行了一禮，優雅地轉身離去。

「……欸，祢姊是不是在生氣啊？」

良彥敏感地察覺異狀，對湍津姬神附耳問道。莫非自己在不知不覺間冒犯了市杵嶋姬神？

「老實說，知道差使要來以後，祂就變得不太高興。大概是不想讓一般人到島上來吧？」

「咦？祢怎麼不早說啊，這很尷尬耶！」

「我不希望讓你覺得女神很小家子氣嘛！」

「我才不會這麼想。」

良彥一面竊竊私語，一面爬上石階，卻因為目測有誤而踩空一階，右膝承受意料之外的衝擊，險些往前撲倒。

「好險！」

天然石頭堆砌而成的石階，在長年的磨損下變得有些滑腳，或許也是良彥打滑的原因之一。良彥踩空之際，腳趾掃過石階，脆弱的石頭因此缺了一小塊，同時也替良彥帶來相當大的痛楚。在這裡的明明只有意識，為什麼感覺如此真實？

「誰教你走路不看路？」

「你不要緊吧？」

湍津姬神關懷地問道，背後的黃金則是如此嘀咕。

「差使公子。」

石階上傳來一道聲音，良彥抬起頭來，只見原以為已經離去的市杵嶋姬神再度俯視著他。

「請你和愛惜沉睡在島上的祭器一樣愛惜石階。」

「啊，是，對不起。」

良彥只把這道石階當成普通的階梯，見市杵嶋姬神特意忠告，頓時聯想到某種可能性，戰戰兢兢地問道：

「呃、呃，這道石階該不會也是國寶吧……？」

市杵嶋姬神的表情絲毫未變，理所當然地說道：

「這道石階是崇敬這座島的漁夫們，一塊塊地搬運石頭堆砌而成，現在神職人員依然是走這條路進行祈禱。」

女神冷若冰霜的美麗雙眸毫不容情地貫穿良彥。

「對於我們而言，它和祭器一樣，都是可愛凡人的軌跡。」

市杵嶋姬神轉過身去，這回真的走上石階。良彥半是呆然地目送祂的背影，彷彿被胸口的重量往下拉一般，慢慢地蹲下來。

「良彥？你哪裡痛嗎？」

湍津姬神一臉訝異地歪著頭。

「……對不起。」

良彥輕輕把手放在踩空的石階上，如此說道。

他為自己的短淺想法感到羞愧至極。

二

□□□　□□□　□□□（無法辨識。似乎是和歌。）

這是我在□□□初次吟詠的□□□。來到這裡以後，每天都像置身於狂風暴雨之中，我必須從頭開始學習□□□。這種感覺宛若在伸手不見五指的濃霧中前進一般，令我非常不安。即使如此，我仍然挺了過來，全是因為□□□，姊姊教我□□□話之故。

猶如橫渡遼闊大海的一陣風，美麗又高貴的姊姊。當年我還□□□，讓姊姊替我操了許多心，現在我會吟詠和歌也會寫字，是個不折不扣的□□□了，姊姊看了一定會大吃一驚吧。不過，兒子□□□比我更有和歌的才能，最□□□的就是熱情的情歌。啊，若是我再寫下去，鐵定會挨罵，以後有機會再當面聊吧。

隔天早上，抵達新門司港的綾子在附近的車站吃過簡單的早餐之後，便轉搭電車前往東鄉站。綾子和未婚夫岡澤約好了今天晚上會合，她打算利用會合前的自由時間四處觀光。

「……嗯，都來到這裡，當然得去一趟。」

綾子下了在車站再度搭乘的巴士，仰望眼前的石造鳥居。身旁的天然石塊上刻著「官幣大社　宗像神社」的字樣。根據在巴士裡查到的資訊，「官幣大社」指的是從朝廷接受幣帛（註13）或幣帛費用的神社。不過，這種神社分級制度在戰後已經廢止，社名也改為「宗像大社」。無論如何，這裡至今仍被稱為「裏伊勢」而備受尊崇。

穿過鳥居之後，是一片鋪了美麗石版的寬敞園地，一路延伸到深處的神門之前；心字池上架著一座拱橋，鯉魚在池裡悠游。這片坐擁各個季節的樹木及藤花棚的園地，看起來不像神社境內，倒像日本庭園。在穿鑿巨大石塊打造而成的手水舍前，綾子發現包包中的智慧型手機在震動而停下腳步。

『嗨，福岡怎麼樣？』

電話是從博物館打來的。不等自己應聲便開始說話，是上司前島的習慣。

「我才剛到這裡三小時而已。」

註13：祭祀中進獻給神明的布帛或兵器盔甲等物品。

時間已經過了上午十一點。綾子看見一群團客在導遊的帶領之下穿過鳥居，便走到一旁，以免擋住他們的去路。

「出了什麼問題嗎？」

工作上的事，綾子已經向兼職的女員工交代過了。過去綾子休假的時候同樣是把工作交代給她，因此她也駕輕就熟，如有不懂的地方會直接聯絡綾子。

『不，這邊一片和平，但有一件事我昨天忘記說。』

聽見前島悠哉的聲音，綾子緩緩地嘆了口氣。所謂的和平，就是閒著沒事幹的意思，至少閒到可以打這通電話的地步。

「什麼事？」

『妳要買福岡土產的話，挑明太子以外的東西。我最近尿酸值有點過高。』

綾子一時間無言以對，露出了能劇面具般的表情。為什麼一大早就得傾聽上司對於尿酸值的煩惱？

「……您想要什麼土產？」

「性感的土產。」

「……『博多之女』行嗎？」

綾子提議的是知名點心。雖然血糖值的問題閃過腦海，但她決定裝作沒發現。若要配合上司這方面的要求，根本沒完沒了。

「啊，對了，關於那份史料的翻譯……」

團客使用手水舍時的說話聲及水聲響起。綾子避開他們，走向神門。柵門上的金色菊花紋散發著鮮豔的光彩。

「我才剛開始看，無法辨識的文字好像很多？」

綾子不著痕跡地轉變話題，前島附和道：

『哦，那個啊，因為保管狀態太差了。雖然製成卷軸，但實際上是寫在不同種類的紙張上，有的紙質很好，有的不怎麼樣，完全不一致。』

研究紙張材質可縮小年代的範圍，然而，這方面並非前島的專長，必須委託其他機構。

「紙質不一會不會代表是紙文化開剛始的年代？記得日本是在七世紀開始造紙的吧？」

綾子在腦海中攤開年表。位於橿原（註14）的博物館，就在當時正值全盛期的飛鳥京遺跡附

註14：日本奈良縣中部的城市。

近。當時的主流是木簡，出土的貨籤或備忘錄等文物不在少數。造紙術則是在西元六一〇年經由高句麗的僧侶傳入，當時通常只用在戶籍等公家文件上。

「如果真是那個年代的東西，用得起貴重的紙張，應該是身分地位很高的人吧？」

據說隨著佛教在日本傳布，因為抄寫經書所需，紙張的需求量才提高。話說回來，教導綾子這些知識的不是別人，正是前島。

『是啊。不過，這些全都是假設。』

前島在電話彼端疲憊地嘆了口氣。

『老實說，我也覺得好奇，又向給我這份史料的朋友確認了一次。他跟我說，史料本來就是那戶人家代代相傳的東西，但《長屋王願經》是曾祖父在戰亂時得到的。後來，史料就和《長屋王願經》放在一起保管。』

「為什麼要刻意放在一起保管呢？」

綾子提出這個單純的疑問。聽說是祖先傳下家訓，要子孫不可將兩樣物品分開。

『知道為什麼的人都過世了。不過有趣的是，得到《長屋王願經》的曾祖父似乎自稱是長屋王的子孫。』

聽到這個荒誕不經的說法，綾子啞然無語。前島隔著電話露出賊笑的臉龐浮現於腦海。

「……咦？可是，等一下，長屋王的血脈還沒斷絕嗎？」

在短暫的興奮過後，綾子突然恢復冷靜。前島刻意強調「自稱」二字，顯然事有蹊蹺。

『妳真敏銳。就族譜看來，血脈應該已經斷絕，因為半途收了養子。但是沒被寫進族譜的女性子孫那方面，可就說不準了。這種自稱是某某子孫的人向來很多，不可盡信。不過……』

說到這裡，前島停頓一會兒，輕輕吐了口氣。

『既然特地放在一起保管，或許這份史料也和長屋王有關。這麼想不是浪漫多了嗎？』

前島突然說出這番不似研究者應有的話語，令綾子感到疲憊無力。

「您先前不是才在懷疑真假嗎？」

『我只是在談論浪不浪漫而已。我現在還是抱持懷疑啊。』

其實前島很喜歡這類故事，意外發現的歷史遺物總是能撩撥他的心弦。倘若那份史料真是長屋王本人或其親人所寫，確實有可能上新聞。

「……哎，浪漫歸浪漫……」

綾子咕噥道。記得長屋王是出生於七世紀後半，他是天武天皇的子孫，用得起紙張倒也沒什麼好不可思議。不過，貴重的物品總是會有贗品存在，任何時代都有愛動歪腦筋的人。

『哎，不翻譯到最後，也沒個定論就是了。』

上司說道，另一頭傳來呼喚「前島先生～」的聲音。前島應了一聲，再次叮嚀土產之事，接著便掛斷電話。綾子懷著突然被遺留在現實裡的心情，望著液晶畫面嘆了口氣，走向人去樓空的手水舍。

待團客離去之後，綾子順利地結束參拜行程，從拜殿旁的小路前往本殿背面的神寶館。或許是因為在博物館工作之故，神社及寺院附設的寶物館總是格外能勾起她的好奇心。尤其是這裡的神寶館展出了沖之島出土的八萬件祭器的一部分，既然來到這裡，當然不能錯過。當綾子表示要順道去宗像大社參拜時，未婚夫岡澤也強力推薦她去參觀神寶館。

「……咦？」

在入口付了入場費的綾子，發現有個青年正專注地仰望牆上的年表。

「那個人……」

青年是在渡輪上遇見的那個人。由於服裝相同，綾子立刻就想起來了。

青年似乎也察覺到綾子的視線，轉過頭來，隨即發出「啊！」的一聲。看來對方也記得綾子的樣子。

「你好。」

綾子走上前去打招呼。沒想到會在這種地方重逢。

「昨晚謝謝妳幫忙。」

青年露出和善的笑容向綾子道謝。他的個子雖然不算高，肩膀卻很寬，或許曾從事什麼運動。話說回來，這樣的青年獨自待在神寶館，給綾子一種不可思議的感覺。前來參拜的團客姑且不論，除非是很有興趣，否則一般人不會獨自造訪這種地方。

「沒想到又在這裡遇見你。你是來旅行的？」

綾子不著痕跡地探問，青年露出略微凝重的臉色，搜索著言詞。

「旅行啊……這算是旅行嗎……？我幾乎沒有自由可言……」

青年嘀咕著，視線垂落腳邊，綾子也跟著望去，想當然耳，他的腳邊空無一物。

「我在查東西。哎，算是我的興趣。」

青年收拾心緒，抬起頭來，露出含糊的笑容。

「妳是來觀光的嗎？」

青年反問，綾子略微思索該如何回答。自己要結婚的事，應該用不著告訴一個偶然遇見的青年吧。

「是啊，可以這麼說。因為工作上的關係，我對這類地方很感興趣。」

「工作上的關係……妳是神社的人嗎？」

青年訝異地歪了歪頭。

「不，是博物館。說歸說，我只是行政人員，所以只是隨便逛逛。」

綾子聳了聳肩，望向剛才青年觀看的年表。年表上記載的是自古以來奉祀宗像三女神的宗像氏其歷史。對於奈良的古墳和遺跡，綾子略知一二；但是對於這個地方的歷史，她只有課本程度的了解。如果未婚夫一同前來，或許就能替她詳細解說吧。

「……呃，既然妳在博物館工作，或許會知道。我可以請教一個問題嗎？」

身旁的青年挺直了腰桿。他的眼神似乎比剛才認真一些。

「可是，我是行政人員……」

「沒關係，如果妳知道，請告訴我。」

綾子略微為青年迫切的神色震懾，眨了眨眼。究竟是什麼問題？

「妳有沒有聽說過奉祀宗像三女神的巫女？」

「巫女？」

聽到這番意料之外的話語，綾子不禁反問。

「這個嘛……我沒聽過……不過有卑彌呼的例子在先，就算真有巫女也不奇怪……」

這麼一提，沖之島禁止女人進入的規矩，不知道是從什麼時候開始？倘若真有巫女存在，當時應該也登上了島嶼吧？又或是在日本本土進行祈禱？

「我想也是。不管問誰，得到的都是同樣的答案，而且也沒有留下任何紀錄。」

青年洩氣地笑著，抓了抓頭。

「我本來以為來這裡可以找到什麼證據或線索……」

「這就是你要查的東西？」

「啊，對，算是吧。」

綾子一臉詫異地凝視如此回答的青年。他似乎不是在調查是否曾有這樣的巫女存在，而是在尋找足以證明這個事實的證據。他的嘴上雖然說沒有留下任何紀錄，看來卻像是對這個事實深信不疑。

「對不起，問了這種怪問題。再見。」

他低頭致意，走向出口。

「啊，等一……」

綾子本想叫住青年，最後又閉上嘴巴。關於巫女的資訊，他是從哪裡得知的？調查這件事做什麼？她想問的問題不少。綾子大可以對青年表明，自己雖然幫不上忙，但是未婚夫或許知道詳情；可是，面對一個在渡輪上偶然相遇的人，真的該做到這種地步嗎？況且，她並不知道對方的來路。

「雖然他看起來不像壞人……」

綾子目送背著郵差包的青年離去，小聲地喃喃自語。

⛩

「差使公子。」

一道清澈的聲音叫住走出神寶館的良彥。

「啊，呃，市杵嶋姬神……」

回頭一看，在沖之島道別的女神從樹蔭底下現身。打從在石階上交談以來，直到離島之際，祂的表情都很僵硬，令良彥尷尬不已。

「祢回來啦……」

在三女神的目送之下，良彥在渡輪裡清醒過來時，正好抵達了新門司港。之後，他轉搭巴士與電車來到這裡。

「這座邊津宮是奉祀我的神社。」

市杵嶋姬神帶著依然冷若冰霜的美貌，筆直地凝視良彥。這下子沖之島上的一切只是場夢的疑慮全都消除了。

「你找到關於巫女的線索了嗎？」

面對這個問題，良彥露出苦笑。

「沒有。我已經在找了，可是沒什麼成果……」

前往本殿參拜後，良彥在神社境內漫無目的地遊走，並順道前往神寶館參觀，但是一無所獲。就連田心姬神自己也說相關紀錄沒有留下來，自然沒那麼容易找到。

「是嗎……」

聽到良彥的回答，市杵嶋姬神頭一次露出笑容。

「其實我有點擔心。雖然你是大神任命的差使，但畢竟是普通的凡人，姊姊出這道難題未免太為難你。」

意料之外的話語令良彥瞪大眼睛。他還以為市杵嶋姬神討厭自己，沒想到祂會這麼說。

「不，反正我也不是第一次碰到難題……」

良彥感受著黃金的冰冷視線抓了抓頭。截至目前為止，他從未接過能輕易解決的差事。

「明知相關紀錄沒有留下，姊姊居然吩咐那樣的差事……看來祂的氣力已比自己所想的衰退許多。」

市杵嶋姬神用薄衣袖子掩住嘴巴，輕輕地垂下雙眼。那雙清澈的眼眸和姊姊田心姬神十分相似。

「沒辦法。再說，神明力量衰退的原因是出在人類身上。」

說來驚人，雖然神明自古以來便被崇奉至今，但祂們扮演的角色大多沒有受到正確認知。不帶尊敬與感謝之心而許下的心願，確確實實地削弱了神威。良彥見過許多這樣的神明，想必宗像三女神也不例外。

「不過，就如同祢說的，我只是個普通的凡人，要解決這次的差事可能得花上一點時間……」

良彥辯解似地說道，抓了抓頭。假如他和剛才在神寶館遇見的女性一樣是在博物館工作，或許情況又會有所不同。正所謂書到用時方恨少，這種時候他真恨自己的知識如此狹隘。

市杵嶋姬神瞇起眼睛，望著露出慚愧笑容的良彥。

「差使公子，就算找不到巫女的線索，你也不必放在心上。這份差事原本就難如登天，到時候我會替你向姊姊說情的。」

市杵嶋姬神溫柔地說道，印象和島上相見時截然不同。良彥常被出難題，這還是頭一次有神明對他說這樣的話。

「謝、謝謝。」

良彥有些錯愕，但還是老實地道了謝。宗像三女神的妹妹之一這麼說，讓他稍微擺脫了差事的沉重壓力。

「以後若有什麼問題，儘管呼叫我。」

市杵嶋姬神溫文地行了一禮，融入空氣之中，消失無蹤。祂剛才所在的空間飄盪著一股花香味。

「原來市杵嶋姬神是很好心的女神嘛。」

見祂面對湍津姬神和自己的態度，良彥一直以為祂是尊可怕的女神。

「不過，你不覺得祂太過溫柔了嗎？」

黃金在良彥腳邊豎起耳朵。

「你接下差事不過數刻鐘，祂便說出這番話，活像認定你辦不好這件差事似的。」

黃金望著市杵嶋姬神消失的空間，歪了歪頭。經黃金一說，倒也可以這麼解釋，但良彥覺得市杵嶋姬神是在鼓勵他：「即使辦不好差事，也不必放在心上。」

「祢想太多了吧？」

良彥一語帶過，仰望天空。究竟要前往何方，才能找到太古時代在此地向三女神祈禱的巫女線索？

⛩

——在□□□，比在那邊的時候更有機會看見稀奇古怪的東西。畢竟是□□□，有各種物品進獻□□□。有一次玩猜謎遊戲，獲賜了□□□；兒子也□□□華美的袴裝與布疋，沾沾自喜。先前有緣得見□□□送來的物品，金、銀、絹布、白瑪瑙等等，樣樣都是美麗璀璨。

——不過，我知道比這些東西更美的事物，就是那天和姊姊一起仰望的星空。我也常常跟兒子說起這件事，他說這種時候的我，就像在想念真正的□□□一樣。事實上，他相信□□□。

猶如身帶銀色星光，清純、嚴格卻又溫柔的姊姊。離開□□□，和姊姊共度的夜晚，我至今仍然不曾忘懷。仰望的星空之美，是這個世上任何寶石都不足以比擬的。每當這個時候，□□□總是微微地濕了眼眶。我沒有一天不感到懷念。

「這與其說是寫給姊姊的信……反倒比較接近獨白。」

傍晚，綾子與下班後的岡澤會合，前往和公婆相約見面的博多市內餐廳。雙方早已認識，岡澤也已經向父母表達過結婚之意，因此用餐的氣氛始終很和樂。雖然公婆邀請綾子回家過夜，但綾子表示已經訂了飯店，予以婉拒，並和岡澤一同辦理入住手續。明天岡澤也放假，約好要帶綾子去觀光。

「這是長屋王寫的？長屋王有姊姊嗎？」

岡澤一進房間就埋頭閱讀綾子所說的史料翻譯，直到現在才脫下夾克。

「如果是長屋王所寫的，那可是大發現呢，但前島先生懷疑是贗品。」

綾子一面沖泡飯店提供的濾掛式咖啡，一面側眼看著岡澤。他專注地閱讀文件的孩子氣面孔，過去綾子也看過好幾次。正因為覺得他可愛、想長伴他左右，所以綾子才決定與他結為夫婦。然而，即使今天已正式向公婆報告婚事，綾子心中仍然沒有將和岡澤成為家人的真實感。

或許這種感覺，必須留待今後一點一滴地慢慢孕育吧。

「這還沒翻完吧？妳請前島先生把下文也寄過來嘛。」

「好是好……可是我不想催促他。他的工作已經累積得夠多了。」

綾子短短地嘆了口氣，把咖啡杯遞給岡澤。若是向前島索討這份翻譯的下文，他真的得睡在辦公室裡。

「這類古老的紀錄出現，真讓人開心。畢竟當時的事蹟真的只能靠一點一滴地拼湊資訊來還原。」

「對研究有幫助嗎？」

綾子往對側的床舖坐下，打趣地問道。見狀，岡澤宛若吐氣般地笑了。

「這也是個理由，還有就是可以證明撰文者真實存在。否則現在已經無從確認了。」

聽岡澤這麼說，綾子突然想起白天遇見的那個青年。他也在尋找不知是否存在的古人。

「欸，你有沒有聽說過古時候奉祀宗像三女神的巫女？」

面對這個突然的問題，岡澤有些驚訝地抬起頭來。

「怎麼突然問這個？」

「今天在神寶館，有人問我這個問題。他在調查這件事。」

不知後來他上哪去了？若是真的有心調查，拜訪研究者應該是最好的方法。

「我沒聽過關於巫女的事蹟……不過，就算有也不奇怪。大宮司家已經斷嗣，又經歷過一段兵荒馬亂的時期，紀錄或許散失了。」

岡澤把咖啡杯放到床頭櫃上，歪頭思索。接著，他從包包裡拿出平板電腦。

「啊，不過，假如真的有巫女存在，或許她知道真相……」

用手指操作液晶畫面的岡澤突然抬起頭來。

「真相？」

綾子啜飲著咖啡，歪了歪頭。岡澤從包包裡拿出文庫版《日本書紀》，翻開相關頁面。這本書他經常隨身攜帶，由於翻閱過太多次，封面邊緣都磨壞了。

「關於宗像三女神的降生順序，《古事記》和《日本書紀》的說法不同。尤其是《日本書紀》，就連本文和引用的三篇文獻都寫得不一樣。至於坐鎮地，《日本書紀》只有第二之一書有記載。所以，到底誰是長女、誰是次女、誰是么女，還有誰坐鎮在哪裡，或許當時的巫女知道。說歸說，宗像三女神的相關傳說很多，甚至還有原先是同一尊神的說法……」

岡澤說出這番以研究者而言過於夢幻的話語，將文庫本遞給綾子。

「宗像三女神指的是田心姬神、湍津姬神和市杵嶋姬神吧？祂們的出生順序和奉祀地點不一樣嗎？」

綾子雖然看過《古事記》與《日本書紀》，但細節記得並不完整。她在包包中尋找今天在神社索取的手冊，與文庫本的內容相互對照。

「嗯，神社是按照《日本書紀》本文的記述來訂定官方的降生順序，畢竟《日本書紀》算是正史。順道一提，名稱也不一樣。在《古事記》裡，田心姬神是叫做『多紀理毘賣命』。」

「好複雜……」

綾子板起臉來喃喃說道。唯有神明的名字，她怎麼也記不住。

「……巫女啊……」

岡澤感慨良多地輕喃，開始操作平板電腦。一旦他進入這種狀態，就只能等他自己厭倦。依據過去的經驗，這種時候無論和他說什麼，他都只會心不在焉地隨口附和。綾子嘆了口氣，望著專注凝視螢幕的未婚夫。

⛩

良彥事先在港口附近找好民宿，住了一晚以後，隔天便搭乘渡輪前往大島。昨天拜訪神寶館後，他又前往附近的市立鄉土文化學習交流館。雖然有幾件自市內遺跡出土的文物，但完全沒有巫女的線索。

「原來如此、原來如此，所以你就來找我。」

「嗯，哎，沒錯……」

下船後，良彥在港口租了一輛腳踏車，踩了約五分鐘，來到奉祀湍津姬神的中津宮。穿過石造鳥居，走過拱橋，爬上前方的石造長階，即是神社。和邊津宮相比，中津宮小了些，流造本殿的色調給人一種歲月感。良彥在本殿前呼喚，卻沒有回應，本來以為湍津姬神不在，誰知道祂居然從社務所探出頭來。

「我很樂意幫忙，只要是我知道的事都能告訴你……啊，廣告快結束了，等一下。」

湍津姬神剛從兼作授予所的窗口探出頭，又立刻留下這句話縮了回去。祂似乎是趁著神職人員不在的時候跑進去。

「祢在裡面幹嘛？」

良彥從窗口窺探室內。牆壁擋住了視線，看不見裡頭。

「我在看之前漏看的連續劇重播。今天是女主角的戀情開花結果的那一集，你安靜點。」

「連續劇？」

「最近的週一九點檔演來演去都是那一套。」

和穩重的兩個姊姊相比，這個么女的自由奔放到底是打哪來的？良彥腳邊的黃金望著遠方，無奈地嘆了口氣。

「我也覺得大姊是在強人所難。巫女存在的痕跡要上哪找啊？」

結果，良彥等了二十分鐘，湍津姬神才走出來。

「都說沒有留下相關紀錄了。」

「是啊。如果有紀錄留下，一定會有人研究。這麼一想，就算去拜訪專家，結果大概也一樣吧。」

良彥一行人離開中津宮，走向旁邊的綠地公園。鋪著磁磚、修葺有加的公園並不大，但由於面向大海之故，有種開放感。秋高氣爽，往防波堤的另一頭望去，可看見本土的陸地。

「所以，直接詢問認識巫女的神明，應該是最容易得到提示的方法。」

老實說，才剛開始調查，良彥便已經有種走進死胡同的感覺。他不是學者也不是研究者，要他在證據已經遺失的狀況之下證明某人曾經存在，實在難如登天。

「有沒有哪個巫女讓祢的印象格外深刻？或許從這方面著手調查，可以找到物證。」

良彥身旁的黃金用前腳攀著扶手，窺探海裡。波浪以一定的間隔拍打消波塊，又往後退去。

「……侍奉我們的巫女並不多。」

湍津姬神仰望天空，回憶著當年娓娓道來。

「起先，是靠捕魚維生的漁夫，把我們當成感謝的對象崇奉；與日本本土開始往來、做生意之後，我們就成了航海的守護神。巫女的角色應該也是在那時候成形的。」

湍津姬神壓著隨海風翻飛的髮絲，繼續說道。

「她們個個都很純樸，熱愛土地、大海與家人；重視神事，把私事擱在一旁，無欲無求……」

良彥想起從前統治名草地方的女王。將一切託付給弟弟，自願在死後成為百姓的苗床——想必奉祀三女神的巫女也是擁有相同精神的女子吧。

「……啊，不過有個特別潑辣的丫頭。」

湍津姬神記起來了，敲一下手對良彥說道。

「她的能力比歷代的任何巫女都高強，但她很排斥、很排斥、很排斥、很排斥當巫女，真的很傷腦筋。」

良彥不禁苦笑。聽祂的說法，不難想像那個人有多麼排斥當巫女。

「她破壞祭壇，挨巫女前輩的罵，卻在半途溜之大吉；至於扔沙子、丟石頭反抗，更是家常便飯。最好笑的是，有一次她把濕答答的海藻鋪在石階上，害巫女前輩腳一滑摔進海裡。」

「她也未免太調皮了吧。」

「別擔心，人有救起來。」

「不是這個問題！」

不知道那個巫女前輩是懷著什麼樣的心情看著海面逼近？

「就算能力再高強，憑這樣的素行，居然能夠被推舉為巫女？」

聞言，黃金豎起耳朵，板起臉來。的確，巫女給人的印象應該是英氣凜凜、行止端莊才對，至少良彥從沒聽過把海藻鋪在石階上的巫女。

湍津姬神似乎在尋找言詞，微微歪了歪頭望向大海。

「沒辦法，這麼做是為了讓她和族長成為一家人。因為巫女代代都是出自於族長家。」

「族長？這麼說來，曾經有這樣的一族囉？」

湍津姬神點頭肯定良彥的問題。

「沒錯。奉祀我們的奉齋氏宗像一族，又叫做海人族。」

現在三女神也是被供奉在冠有「宗像」之名的神社裡。

「那孩子——紗那是在海邊撿來的。大陸人搭乘的船隻翻覆，許多屍體漂流到岸邊，她是唯一生還的小孩。族長覺得她可憐，便收養了她。」

「……原來如此。任命她當巫女，是為了讓她成為名副其實的族人。」

黃金恍然大悟，搖動尾巴。

「一醒來便發現自己身在陌生的土地上，得知家人都死了，而且連語言都還不太通，就被要求當巫女……設想紗那的心境，也難怪她那麼叛逆。」

湍津姬神倚著扶手，嘀嘀咕咕地說道。聞言，良彥終於明白祂提起紗那時的口吻為何帶有迴護之色。

「湍津姬神，祢很喜歡紗那嗎？」

面對良彥的問題，湍津姬神瞪大眼睛，隔了半晌之後才聳了聳肩露出笑容。

「是啊。紗那擁有天眼，所以我格外喜歡她。」

「天眼？就是看得見神明的能力？」

「對。所以我和紗那的關係不像神明和巫女，反倒比較像是朋友。」

身為老么的女神滿不在乎地說道。

「不過，紗那決心當巫女以後，就開始認真修行。有時候我會和她談論戀愛話題。有個漁夫長得很俊俏，紗那和他見面時，總會特意戴好一點的首飾。啊，不過因為她是巫女，不能和對方交往，只能遠遠看著他，是段很心酸、很心酸的戀情。我每天聽她訴說，陪她一喜一憂……那段日子好快樂。」

湍津姬神在胸前雙手交握，用陶醉的眼神仰望天空，良彥五味雜陳地凝視著祂。換句話說，現在祂沒有聊這種話題的伴了，只好把目標轉移到連續劇上？

「我和她太過要好，還因此挨二姊的罵呢。不過，她對我而言就像妹妹一樣。」

湍津姬神望著良彥的眼睛，盈盈一笑。祂雖然有兩個姊姊，卻沒有妹妹，自然很開心有紗那為伴。天真爛漫的么女和潑辣的巫女，確實很合得來。

「那時候我是在邊津宮，紗那想我的時候隨時可以來找我。」

「咦？從前是這樣嗎？」

良彥反問。邊津宮不就是現在市杵嶋姬神所在的本土神社？

「是啊，那時候我待在邊津宮，二姊——市杵嶋姬神是待在這座中津宮。」

「為什麼現在反過來了？」

「嗯，為什麼呢？應該是因為二姊叫我跟祂對調。」

湍津姬神歪了歪頭，追溯記憶。對於眾女神而言，被奉祀在何處似乎不是什麼大問題。

「欸，別光問我，你要不要也去問問大姊和二姊？情報越多越好，對吧？」

湍津姬神搖曳著淡藍色衣袖，如此問道。

「嗯，我的確有這個打算。市杵嶋姫神可以等回到本土以後再問，不過田心姫神該怎麼辦呢……」

祂所在的沖之島禁止一般人進入。倘若是事先預約採訪則另當別論，但那可不是突然想去就能去的地方。

「我可以幫你呼叫祂。直接請祂來這裡也行，不過難得有這個機會，我們去遙拜所吧。」

無視於良彥的擔心，湍津姫神若無其事地說道。

「遙、遙拜所？」

「騎腳踏車一下子就到了。走吧！」

良彥壓根兒不知道目的地在哪裡，便在湍津姫神的催促下，前往腳踏車停放的地方，載著一臉理所當然地坐上後座的女神和硬塞進前籃的狐神出發了。

开

「關於巫女的記憶？」

湍津姫神帶領良彥前往的遙拜所，位於大島北側的海岸，正好與中津宮隔著山地相望。這裡似乎是供不能登上沖之島的女性們遙拜沖津宮的場所，海風強烈吹襲的海岸高台上設有一座小神社。周圍沒有民宅，只有玄界灘巨浪拍打的海岸一路綿延。

「對，良彥想知道。」

應湍津姬神的呼喚而現身的田心姬神，繞到了神社左側，望著位於藍天碧海交界處的沖之島的淡淡島影。

「什麼事都行，或許能夠成為尋找巫女痕跡的線索。」

良彥凝視著長女沉著的側臉。祂和么女湍津姬神果然不同，雖然美麗，卻有股穩重的魄力。應該是守護這片土地與大海的使命感造就了祂的穩重吧。

「……我所認識的巫女個個都清純又英氣凜凜，是真摯地奉上祈禱與感謝的好女人。她們的名字我全都記得，容貌也還歷歷在目，只可惜不能直接讓爾觀看我的記憶。」

田心姬神搖晃著金飾，面露苦笑。要良彥尋找巫女存在痕跡的正是田心姬神，或許對於奉祀三女神的巫女感情最為深厚的也是祂。

「初次來到沖之島的巫女，必須獨自在島上閉關三天，等候神諭降臨，只有接到神諭的人才能成為正式的巫女。換句話說，那也是我們三女神挑選巫女的場合……其中有個破天荒的少女。」

說到這裡，田心姬神暫且打住，虛脫地嘆了口氣。

「她比過去的任何女人都更有資質，心靈就和湧泉一樣清澈……不過，她是在大陸出生的，不懂日本話。」

湍津姬神似乎也說過同樣的話。良彥與黃金對望一眼，身旁的田心姬神繼續說道：

「神與凡人之間沒有語言的隔閡，無論是哪個國家的人，我們的話語都能確實地傳遞至他的心房，因此，那名少女很快便理解我所說的話。我告訴她，我同意她成為巫女，並會保佑她的族人漁貨豐收，誰知道她竟然說，她不知道該如何向族人轉達此事。」

田心姬神憶起當時的情景，用衣袖掩住嘴巴，格格地笑了。

「所以在她回到本土之前，我便教她讀書認字。雖然她的族人教過她一些基礎，但因為她一直抗拒當巫女，所以完全沒有聽進去。她的腦筋很好，一點就通。」

良彥五味雜陳地聽著這番話，戰戰兢兢地詢問：

「呃，那個巫女人選該不會就是在石階上鋪滿海藻，害得巫女前輩掉進海裡的人吧？」

「爾怎麼知道？」

田心姬神睜大眼睛，回頭看著良彥。果然是她——良彥抓了抓頭。沒想到那個巫女留給女神的印象如此深刻。

「大姊印象最深的果然也是紗那。」

湍津姬神往草地坐下，仰望姊姊。

「畢竟那麼潑辣的丫頭很少見嘛。」

「我們花了不少心血，才把她培養成獨當一面的巫女。」

姊妹相視而笑。祂們的笑容之中存在的不只是懷念之情，還有一股對骨肉至親的親密感。

「每次紗那來到沖之島，我都會對她述說許多事。祭祀的事、日本的事，還有神與凡人的關係。後來，紗那也跟我提起她自己的事：故鄉大陸的事、死別的家人，還有在現在的家人面前絕口不提、深藏心中的鄉愁。」

良彥望著遙遠水平線上的島影。失去家人，回不了故鄉，在新地方換上新名字生活，並不是輕鬆的事。想必有些時候，紗那必須被迫面對自己是異鄉人的事實吧。對於這樣的紗那而言，與輕易跨越凡人各種「隔閡」的女神共度的時光，或許是心靈唯一能獲得平靜的時刻。

「我也告訴紗那一個祕密。」

「祕密？」

良彥反問，田心姬神露出少女般的笑容。

「在凡人之間，神的名字是會改變的。現在我被稱為田心姬，但從前其實是叫做多紀理毘賣。知道這個名字的只有紗那。」

說出這個祕密，是建立在何等的信賴之上？良彥想像著女神與巫女之間的交流，她們的情誼想必就和姊妹一樣深厚吧。

「紗那是侍奉我們的最後一個巫女，或許正因為如此，我們對她的感情才特別深厚。她離開此地，是在凡人所說的七世紀時，之後再也沒有巫女來到沖之島。」

海風輕拂臉頰而過。田心姬神輕聲呢喃，眼眸中帶著寂寞與懷念的色彩。

「既然紗那和女神處得這麼好，為什麼要離開？」

「離開此地」四字令良彥感到好奇。兩尊女神都認同紗那雖然調皮，身為巫女的能力卻很高強，這樣的人才為何會離開？

「……嗯，由我來回答這個問題並不難，不過……」

田心姬神略微思索後，把視線轉向良彥。

「如果爾想知道答案，就去找市杵嶋姬神吧。」

此時，湍津姬神用略帶不安的眼神凝視著姊姊。

「市杵嶋姬即是齋島姬，換句話說，指的就是在神之島上侍奉神明的巫女。祂正如其名，是負責培育巫女的神明。」

田心姬神搖晃著金色髮飾，視線再度滑向海面。

「說服那個野丫頭成為巫女、最常與她為伴的……還有要她離開此地的，都是那孩子。」

三

在我還□□□的時候，我以為自己沒有故鄉。我不記得出生的地方，從小就和家人四處漂泊，後來，我和家人也離別了，□□□。

好不容易開始適應新生活，又離開了□□□；□□□之後，也是四處遷居。起先的住處是距離大海很近的□□□，後來又□□□幾次，也曾與兒子分隔兩地。身為母親，著實心痛難耐。現在又能像這樣□□□，實在不可思議。

雖然住過不少地方，但我的歸處永遠只有一個。一回想起來便覺得無比懷念，□□□，有些心酸。這樣的地方，想必就叫做故鄉吧？現在，我能夠挺起胸膛，稱呼那個地方為故鄉。

「——綾子。」

這道聲音混著汽車音響播放的廣播聲傳入耳中，綾子遲了數秒才抬起頭來。

「怎麼了？」

停下車子等紅燈的岡澤在駕駛座上一臉訝異地看著她。

「啊，抱歉，我看得太入迷。」

兩人於上午離開飯店，現在正在前往太宰府之後的回程路上。昨晚已經向前島催討史料的後續翻譯，想必不久後就會用電子郵件寄過來。在那之前，綾子打算重新瀏覽一次譯文，沒想到不知不覺間竟沉迷其中。

「有什麼有趣的地方嗎？」

從擋風玻璃射入的陽光十分刺眼，岡澤一面放下遮陽板一面詢問。

「倒也不是有趣，而是心有戚戚焉……」

綾子的視線再度垂落在手邊的報告紙上。她明明懷疑這份史料是贋品，然而越是閱讀，便越是和撰文者產生共鳴，深深沉迷其中。

「這個撰文者好像也是四處搬家，說她沒有故鄉。這一點和我一樣。」

在綾子的人生中，這是不可分割的一部分。自己沒有可稱為故鄉的地方——這件事讓她的心中有股奇妙的落寞感。

「……文中有提到『身為母親』，所以撰文者應該是女性吧……」

莫非她也是因為結婚而不得不搬家？她所說的歸處，究竟是哪裡？在那裡有誰等著她？有什麼樣的懷念之情包圍著她？這一切對於綾子而言，都是無法想像的事。她有點羨慕撰文者擁有能夠挺起胸膛稱之為故鄉的地方。

「對妳來說，奈良不是故鄉嗎？」

燈號轉綠，岡澤緩緩地踩下油門。

「雖然是住得最久的地方，不過和故鄉的感覺不太一樣。」

綾子望著開始滑動的車窗外景色。

「不過，其實我也不確定。或許只是因為我一直住在那裡，所以沒感覺而已；假如我離開幾年以後再回去，說不定我也會覺得懷念，覺得還是這個地方好。」

在奈良定居之前，綾子配合父親的工作四處搬遷，從來不曾重回住過的土地。從前的空地上蓋了一棟房子、施工中的道路已經落成、轉角的老香菸店還在——這類感傷之情，她從來不曾體驗過。

「我從以前就覺得妳在這方面很淡泊。妳對於住處和家沒什麼執著，對吧？」

岡澤打了方向燈，轉動方向盤，再度踩下油門。

「與其說是沒有執著，不如說是養成死心的習慣了。反正住不久，沒什麼好執著的。」

因此，綾子的私人物品和衣物向來是夠用就好。她即將為了結婚而搬到這裡，到時想必也是一個人就能輕易完成打包吧。

「妳在奈良住了幾年？」

「十二年。」

「挺久的嘛。」

「嗯，是住最久的地方。啊，不過工作以後，我就搬出來自己一個人住，雖然還是在奈良縣內。」

「這個就別算在內了吧。」

岡澤握著方向盤笑道。

「十二年啊……那如果妳在這裡生活超過十二年，對妳而言，這裡就變成故鄉了嗎？」

聽到這句說得若無其事的話語，綾子忍不住轉頭望著未婚夫的側臉。

「……故鄉？」

「嗯。故鄉不見得是出生的地方吧？只要是想回去的地方，或是懷念的地方都行。我希望這裡能夠變成這麼一個讓妳住得自在又舒適的地方。」

這番話來得太過意外，綾子半是呆然地望著擋風玻璃外的景色。她一直以為自己沒有故鄉，而這一點一輩子都不會改變，沒想到到了這個年紀，還有可能擁有故鄉。綾子垂眼看著手中的報告紙，再度瀏覽剛才的文章。歸處——自己能和撰文者一樣，擁有這樣的地方嗎？

「啊，對了，可不可以順道去一個地方？」

岡澤突然想起一事，如此說道，並在路口左轉。

「要去哪裡？」

接下來並沒有安排任何行程，因此綾子一派輕鬆。她今天會在同樣的飯店再住一晚，明天中午過後，便要搭乘新幹線回去奈良。由於後天就得上班，倘若搭乘清晨才抵達的渡輪，時間上有些匆促。

「宗像大社。好久沒去了，昨天說著說著，連我自己也想去看看。不好意思，要妳連跑兩天，陪我走一趟吧！」

岡澤浮現孩子氣的笑容，瞥了綾子一眼。

「真拿你沒辦法。」

綾子故意使用戲謔的語氣答應他的要求。和他一同造訪，或許會有什麼不同的發現。

「……這麼一提，不知道那個人怎麼了？」

綾子的視線滑向車窗外的景色，口中喃喃說道。那名尋找巫女存在證據的青年，現在不知道在做什麼？

⛩

良彥婉拒湍津姬神代為呼叫市杵嶋姬神的提議，在女神們的目送下搭上渡輪。船上意外地擁擠，有許多手持釣竿的乘客。

「祢不覺得奇怪嗎？」

良彥沒進船艙，而是倚著甲板的扶手眺望白浪。

「祂負責培育巫女，卻完全沒跟我提起這件事。」

昨天見到市杵嶋姬神時，祂為了姊姊的無理要求而向良彥道歉，說話的口吻像是找不到巫女的存在痕跡是理所當然的事情。然而，倘若負責培育巫女的是祂，照理說祂應該是最能夠提供線索的神。

「所以我不是說了嗎？祂未免太過溫柔。」

黃金仰望良彥，金毛隨著海風翻飛。

「那應該是在牽制你，要你別插手吧？」

「果然是這樣？」

良彥一臉不悅地望著黃金。這麼一提，湍津姬神說過得知差使要來，姊姊就變得很不高興。

「可是，為什麼？證明巫女曾經存在，對祂有什麼壞處嗎？」

湍津姬神和田心姬神都用打從心底懷念的口吻談論巫女，帶著欣喜之情回味與她們共度的時光，完全沒有不願意追憶的神色。為何唯獨市杵嶋姬神讓良彥碰了這種軟釘子？

「誰知道？祂是與巫女最為親近的神，或許知道什麼不為人知的內情。」

黃金瞇起黃綠色眼睛說道。

「……又或許……」

「又或許？」

良彥俯視金色腦袋，如此反問。

「又或許，和那個叫紗那的巫女離開此地的理由有關……」

渡輪激起的白浪形成一條通往船身後方的道路。良彥倚著甲板的扶手，在海風之中嘆了口氣。田心姬神說要紗那離開此地的是市杵嶋姬神。事態似乎變得越來越複雜，但良彥不能不去向祂求證。

「七世紀是什麼時代啊？奈良時代嗎？平安……應該還早吧？」

良彥漫不經心地抓了抓頭。紗那為何離開此地？去了何方？只要知道這一點，或許能成為尋找巫女痕跡的線索。

⛩

在一般香客不得進入的森林裡，市杵嶋姬神靜靜俯視某塊岩石。岩石高度及膝，上方平坦，曾有許多巫女人選將它當作祭壇、練習祭祀。市杵嶋姬神在這塊岩石上看見某個少女的影子，緊緊抿起嘴。如果可以，祂只想靜靜地收藏這些回憶，不願再重提舊事。

「……有些事無論過了多久都忘不掉。」

市杵嶋姬神語帶諷刺地輕聲說道。力量衰退、喪失記憶的神明越來越多，祂卻仍然能夠清清楚楚地憶起當年的事。

「……紗那。」

懷念的少女名字，被隨風搖曳的沙沙枝葉聲蓋過了。

鮮少在人前落淚的女孩頭一次哭泣，是在逃離巫女修行，並在遠離村落的海岸度過一夜的時候。

「真虧妳能跑這麼遠。」

以奄奄一息的狀態在海岸獲救之後，已經過了兩個月。頭一個月裡，她就像負傷的野獸一樣凶暴，雖然只是個孩子，卻讓每個人都傷透腦筋。後來，委託渡海行商的大陸人居間翻譯，告知她父母已死的事，並詢問她的故鄉在何處，才知道她一直居無定所，前一個住處已經在戰亂之中被燒毀，而她在與親人一同尋找新居的途中遇上了船難。

「妳要在那裡坐到什麼時候？」

面對抱著膝蓋坐在沙灘上的紗那，市杵嶋姬神短短地嘆了口氣。前幾天的祭祀中，祂發現紗那看得見降臨的三女神，便透過奉祀祂們的巫女建議讓紗那當巫女，沒想到她居然如此抗拒這件事。

「……一輩子，我要在這裡坐上一輩子。不管早上、中午或晚上，我都要坐在這裡。」

今天也一樣，在巫女前輩授課的途中，她驅使彈簧般的柔韌身軀，在岩石與樹木之間跳來跳去，逃之夭夭。她甩掉所有追兵，轉眼間背影就變得和米粒一樣小。市杵嶋姬神身旁的湍津姬神見狀，笑得都嗆到了。

「是嗎？那就來比比看誰坐得比較久吧。」

市杵嶋姬神掀起薄衣，毫不遲疑地在紗那身邊坐下。祂知道紗那並不是說真的。別的不說，這種比賽在人與神之間根本不成立。不過，祂現在必須和紗那單獨談談。

紗那驚訝地抬起頭來，隨即又尷尬地撇開視線。不過，她並未拒絕。

「……太奸詐了。我怎麼贏得過神明？」

紗那現在說的仍是本國話。她雖然聽得懂些許日本話，卻不願意說。

「欸，神明是無所不能的吧？讓我的家人復活嘛。」

打從得知自己能與三女神溝通的那一刻起，紗那便不斷做出同樣的懇求。即使拒絕她，告訴她神明也無能為力，她依然帶著令人心驚的堅定眼神，祈求與家人重新聚首。

「紗那，我先前也說過我不能這麼做吧？我不能直接干涉單一凡人的生死，這是為神的道理。」

「那神明有什麼用？祢們是為了什麼而存在？」

「為了維持凡人的世界。」

這種各執一詞、僵持不下的狀況，並不是現在才開始。得知語言能夠互通之後，紗那向女神提出的問題比向人類提出的問題還多。

「神並非無所不能，神威是靠著凡人的敬意維持，而凡人則是受到神威的保護。兩者缺一，這個世界便無法成立。所以，我才希望妳成為巫女，向凡人傳達我們的話語。」

紗那閉口不語，在沙灘上描繪毫無意義的線條。她沾滿泥沙的赤腳，埋在仍然留有熱度的沙子裡。

「……爺爺、爹娘、姊姊、伯伯，大家都死了，我活在這個世上還有什麼意義？」

滿天星斗淹沒漆黑的天頂。今晚沒有月亮，只有星光照耀著她們。

「人來到這個世上，就有意義。如果妳沒有信心，可以傾聽救了妳的性命、試著與妳共步人生路途的這片土地上的人們聲音。」

紗那緊握掌心裡的沙子。然而，當她鬆開拳頭，沙子並未凝聚，而是簌簌滑落。

「我是孤伶伶的。」

喃喃訴說的話語，帶著成熟的聲響消失於夜色之中。

「大家都有家人，只有我是孤伶伶的。就算他們接納我，我終究還是個外人。」

「紗那……」

「我並非討厭當巫女，可是，從來沒有人問過我想怎麼做……」

強忍的淚水滑落紗那的臉頰。

現在的巫女年事已高，宗像王正在尋找繼任的年輕巫女，因此市杵嶋姬神也大力促成此事。或許其中確實帶有不容分說的強硬——即使這是為了紗那著想，希望她被族人接納而採取的措施。

「……對不起，也許是我操之過急。」

市杵嶋姬神用衣袖替紗那拭淚。

「我只是想給妳希望而已。」

「希望？」

紗那淚眼婆娑地反問。

「或許也可以稱之為目標，讓妳可以帶著自信活下去。」

市杵嶋姬神撫摸著紗那的頭，微微一笑。她這個年紀，本該仍處於父母的呵護之下，但她卻被孤伶伶地留在異國。女神們也和凡人一樣，為紗那的可憐遭遇而心疼，自然想替她尋找活下去的希望。

「那麼，我重新問妳。妳想怎麼做？」

幾顆流星劃過紗那仰望的夜空。這種猶如銀沙潑撒般的光輝，不知是否與她和家人一同仰望的夜空一樣？

「……要我當巫女也行。」

不久後，紗那頂著仍然留有淚痕的臉龐說道：

「就是要轉達祢們的話語，對吧？我願意。這樣就可以永遠和祢們在一起吧？」

紗那露出求助般的眼神，抓著市杵嶋姬神的衣衫，宛若將未說出口的話語全數灌注於指尖。

「只要有凡人奉祀我們，我們就不會消失。然後，我們一定會保佑奉祀我們的凡人。」

這段女性間的對話，比安靜的波浪聲更加悄然地進行著。

「紗那，但願有一天，這裡能夠成為妳的故鄉。」

淹沒天空的銀光俯視著沙灘上的她們。

後來，紗那洗心革面，認真地學習當巫女，並在沖之島接受田心姬神的神諭，正式成為巫女。紗那把三女神當成姊姊敬愛，而三女神也把紗那當成妹妹疼惜。

开

奉祀市杵嶋姬神的邊津宮境內，有個叫做高宮祭場的地方，據說即是宗像三女神降臨之地。高宮祭場座落於百餘階長梯之上的高台，沒有神社，只有一片鋪滿石子的林間廣場，令人聯想到以天然物為神明依代進行祭祀的古代。回到本土之後立即造訪市杵嶋姬神的良彥，即是在這個地方與美麗的女神重逢。

「差使公子，你有什麼困擾嗎？」

雖然置身於鬱鬱蔥蔥的森林，祂的存在卻讓空氣中的每顆粒子看起來都像在閃閃發光。

「嗯，要說困擾，的確是有困擾。」

良彥故意盤起手臂，面露難色。來這裡的路上，他一直在思索該如何開口。不過對手是女神，與其耍小花招，還不如用直球決勝負。

「我完全找不到巫女存在的證據，至少神社和資料館之類的地方都沒有。別的不說，要是連我都找得到，早就有專家發表了。」

午後的陽光從樹林的縫隙間射下，在地面上描繪出陰影。

「所以，我去問湍津姬神和田心姬神有沒有哪個巫女讓祂們留下深刻的印象，而祂們告訴我，負責培育巫女的是市杵嶋姬神。」

聞言，市杵嶋姬神的臉龐略微僵住，良彥並未遺漏這一幕。

「巫女的事，祢應該是最清楚的吧？為什麼說那些話來牽制我？」

市杵嶋姬神撇開視線，黃金乘勝追擊地開口說道：

「祢對田心姬神交辦的差事有何不滿嗎？」

從前聽邇邇藝命的吩咐辦理差事時，祂的妻子木花之佐久夜毘賣曾要求良彥別照辦，那是因為當時這對夫妻之間有點誤會。然而，在良彥看來，市杵嶋姬神和田心姬神的感情並不差，湍津姬神也沒提過祂們之間有任何齟齬。

「……最清楚巫女之事的，的確是我。歷代巫女都是由我負責培育，這也是事實。」

市杵嶋姬神並未回答黃金的問題，而是重整陣腳，再度將視線移回良彥身上。

「不過，僅止於此，我並不知道留存至現代的巫女痕跡。如果我知道，姊姊何必託你辦這件差事？昨天我說那番話只是體恤你的辛苦，沒有別的意思。」

良彥默默回望著目光凜然的市杵嶋姬神。的確，倘若是三女神自個兒就能解決的事，根本輪不到良彥出場。不過，假如良彥尋找的痕跡對市杵嶋姬神不利，祂會坦白告訴姊妹嗎？

「……好吧。那我可以問祢一個問題嗎？」

良彥覺得再說下去也只是各說各話，便改變了問題。他並不是來譴責市杵嶋姬神，完成差事才是優先事項。

「祢還記得一個名叫紗那的巫女嗎？」

聽到這個問題，市杵嶋姬神臉色大變。

「……你怎麼知道這個名字！」

市杵嶋姬神驚愕地瞪大眼睛，顫抖的嘴唇發出略微嘶啞的聲音。面對市杵嶋姬神與姊妹截然不同的反應，良彥困惑地與黃金面面相覷。

「是姊姊說的？還是湍津？」

「啊，不，祂們都有提過，說是印象最為深刻的最後一個巫女。」

現在支配市杵嶋姬神的情感，是驚訝？恐懼？或是悲傷？良彥無法判斷。不過，祂的模樣顯然和想起紗那便面露笑容的其他兩尊女神不同。

「那個巫女和女神這麼親近，為什麼會離開這裡？我想知道理由，可是田心姬神叫我來問祢……」

「姊姊祂……？」

市杵嶋姬神終於恢復冷靜，吁了口氣。

「……居然說出如此殘酷的話……」

女神露出泫然欲泣的笑容，靜靜地垂下視線。吹過森林的秋風將枝葉搖晃得沙沙作響。

「……我不曉得有什麼內情，不過，如果知道紗那離開這裡以後去了什麼地方，或許能夠成為解決差事的線索。」

良彥不自覺地緊握拳頭。

「能不能請祢告訴我……？」

經過千年，仍然讓女神露出這種表情，想必隱藏在背後的不只是歡笑。市杵嶋姬神與紗那之間，應該存在著不同於紗那與田心姬神和湍津姬神的關係。

市杵嶋姬神沒有回答，而是緩緩邁開腳步，穿過良彥身旁走到祭場之外。祂走過碎石子路，步向樹木稀疏的廣場。從廣場可以清楚看見周圍的田地及人家。在良彥看來，這樣的景色恬靜悠閒，不過，和市杵嶋姬神及紗那共同生活的那時候相比，想必已然完全變了樣。

「……這片宗像之地從前是和大陸之間的貿易要衝。」

不久後，市杵嶋姬神沉聲說道。

「商人與貨物往來頻繁，是當時輸入最新文化的土地，例如從大陸傳入的兵器、盔甲和裝飾品，以及加工這些物品的技術。成為貿易門戶的宗像，實質上掌握了聯繫大陸的制海權……也因此，被當時的大和王權給盯上。」

陽光透過枝葉的縫隙，灑落在女神柔軟的衣衫上。

「能夠越過玄界灘、行船至大陸的高明航海技術，以及進口的鐵資源——對於大和而言，宗像是說什麼也要納入支配之下的土地。不過，宗像始終希望維持對等的關係，雙方通力合作，相安無事。」

湍津姬神確實也說過，與大陸開始往來、做生意之後，三女神就成為航海的守護神。良彥默默地繼續聽下去。

市杵嶋姬神緩緩地眨動眼睛，抬起視線仰望遠方。

「……時光流逝，大和王權的勢力逐漸擴大，身為地方豪族的宗像王開始感到焦慮，他擔心有一天，大和會奪走這片土地。因此他想方設法，強化與大和之間的關係。」

說到這裡，市杵嶋姬神暫且打住話頭，將半邊身子轉向良彥。

「為了保護宗像，紗那被獻給大和。」

良彥靜靜地倒抽一口氣。不是因為這句話的意義，而是因為女神濕潤的雙眼。

「宗像王提出這件事時，紗那猶豫不決，前來找我商量。她說，為了報答收留她的一族，她已經做好覺悟。可是，她又捨不得離開這片土地……鼓勵她答應宗像王的就是我。」

市杵嶋姬神皺起美麗的臉龐，用袖子掩住嘴巴。

「天孫的子孫創立的王權總有一天會統一日本，這是顯而易見之事，為了宗像，必須建立更加牢固的關係。出嫁只是名目，實際上與人質無異，但是對於當時的宗像而言，這樁婚事是個大好機會。將聽得見女神聲音的寶貴巫女送往大和，正可顯示宗像的覺悟。」

寶石般的淚水從女神濕潤的眼眶中掉下來。

「結果，我讓那孩子兩度拋棄故鄉……」

良彥只能呆立原地，凝視著女神。

「我明明說過會保佑她的……」

祂說完這句話後，一陣驟風捲起落葉、穿過森林。當良彥放下護著臉的手臂時，市杵嶋姬神已然不見蹤影，唯有悲鳴般的風聲依然縈繞耳邊，久久不散。

⛩

那是發生在什麼時候的事？年關剛過不久，□□□舉辦了盛大的酒宴，許許多多的□□□

藝人□□□樂舞，真是精彩極了。那時候，□□□的幾個貼身侍女一面交頭接耳一面竊笑。後來，我問她們在笑什麼，才知道是藝人裡頭□□□美男子，很受歡迎。

聽了這番話，我暗自□□□小時候愛慕的那位郎君。和姊姊一起□□□出海捕魚的男人，是段快樂無比的時光。姊姊總是像潮水聲一般嬉笑，比□□□還開心。

和波浪聲一樣熟悉，可愛又純真的姊姊。姊姊常說□□□的我笑聲太大，不成體統，但是這種爽朗的笑法肯定是向姊姊學來的。

「不是說神明不干涉凡人的私事嗎？」

良彥一面走下高宮祭場通往本殿的石造長階，一面詢問走在前頭的黃金。

「既然這樣，對於紗那去不去大和，市杵嶋姫神也不該出意見吧？」

良彥並不是在雞蛋裡挑骨頭，責備市杵嶋姫神，只是在想，倘若市杵嶋姫神不惜違背天理也要提出建議，或許當時宗像的情況比自己想像的更加危急。

「倘若市杵嶋姫神慫恿宗像王或大和提出婚事，或許就違背了天理，然而，實際上祂只是和紗那談話，就算沒有祂的鼓勵，紗那十之八九也會出嫁。這麼一想，倒也無可厚非。」

黃金淡然回答，瞥了良彥一眼。

「這件事給你的打擊那麼大嗎？」

良彥五味雜陳地嘆了口氣，撇開視線。他並不是為了市杵嶋姬神讓紗那離開而感到驚訝，而是紗那「被獻給」大和這個說法，給他一種如鉛塊般沉重的感覺。

「意思就和政治聯姻差不多，對吧？這個道理我也懂。只不過，就算了解，我還是很難過。有救命恩人和知心的女神在身邊，對於紗那而言，這裡已經是另一個故鄉了。」

當時的宗像與大和的關係如何，良彥並不清楚；至少可以確定的是，紗那的婚事並非只有幸福與祝福點綴。

「不過，紗那還是決定出嫁。這是紗那的意志。」

「我知道，就是因為這樣才悲痛。」

成為巫女，正式加入一族，終於找到容身之處——對於紗那而言，這裡就是她的安居之地。用句可能產生誤解的說法，紗那就是太過熱愛這片土地，才會不惜一切地保護它。

「實情如何，必須問本人才知道……」

紗那究竟嫁給了大和的什麼人？良彥沒機會詢問市杵嶋姬神這件事。如果知道她嫁給誰，或許就能循線找到她留下的痕跡。現在完全沒有其他巫女曾經存在的證據，這已是最為明確的線索。

走過枝葉覆蓋頭頂的筆直道路，良彥回到本殿所在的區塊。就在他經過左手邊的橡樹神木、走向神門時，視線正好和某個走出拜殿的眼熟女性對上了。

「咦……」

「啊，你好。」

略帶驚訝地向良彥打招呼的，是昨天在神寶館遇見的女性。她穿著渡輪上那件風衣，圍了條灰色的披肩，頂著一頭及肩的大波浪捲髮，並有一對內雙的溫柔眼睛。她的身邊有個年歲相近的男性。

「真巧，又見面了。」

「或許是緣分吧？」

兩人互打招呼，低頭致意。昨天見面時，只當作是彼此的觀光地點碰巧相同；但今天又在同一個地方遇上，教人不得不懷疑這是不是冥冥之中的安排。

「對了，關於巫女的事，你查出什麼眉目了嗎？」

女性詢問，她身旁的男性露出恍然大悟的表情說：「哦，就是這個人啊！」

「啊，不，還沒找到任何決定性的證據……」

良彥露出苦笑，抓了抓頭。沒想到會再度遇上當初打聽消息的人。

「啊，不過，似乎有個巫女是宗像王的女兒……」

良彥說道，猶豫著該透露多少。嚴格說來，紗那並不是親生女兒；但若是說明這一點，良彥又怕對方追問他是怎麼知道的。

「宗像王的女兒……哎，這算是既定事項吧。畢竟是三女神的奉齋氏，倒也沒什麼好不可思議的。」

男性興味盎然地點了點頭，盤起手臂。他的個子並不高，但是體格壯碩，皮膚黝黑。

「啊，他也是在博物館工作，專攻日本史，對《古事記》和《日本書紀》很有研究。」

見良彥目瞪口呆，女性連忙替他說明。

「聽說你在尋找巫女曾經存在的證據，我也有點好奇，所以查了些資料。的確，就算巫女真的存在也不奇怪。」

男性露出和善的笑容。

「你有查到什麼嗎？」

良彥忍不住探出身子詢問。現在他知道的只有關於紗那的事，如果有其他線索，自然再好不過。

「不，很遺憾，光靠我的知識和上網搜尋，完全沒有收穫。雖然也有學者提出這種見解，但是終究不出推測的範圍。」

「這樣啊……」

果然沒這麼容易查出眉目。或許去拜訪提出那種說法的學者也是個辦法。

「雖然沒查到巫女的事，不過我個人對於宗像三女神也很感興趣。我一直很好奇，為什麼《古事記》和《日本書紀》的內容差那麼多。」

看來似乎很喜歡講解的男性說道，回頭看著背後的本殿。

「《古事記》和《日本書紀》的內容有什麼不同嗎？」

良彥歪頭納悶。辦理差事時，他總是在包包裡放一本文庫本《白話版古事記》。仔細想想，來到九州之後，他還沒翻閱過。

「女神降生的順序不同，名字也不同。而且在《日本書紀》，連身為奉齋氏的宗像氏名號都不見了。哎，《日本書紀》的編纂是由藤原氏主導的，內容可能被任意竄改過，或許這部分也被竄改了。」

男性聳了聳肩，露出苦笑。

「現在的宗像大社，在沖津宮奉祀的是長女田心姬神，中津宮是次女湍津姬神，邊津宮是么女市杵嶋姬神，和《日本書紀》的本文相同。不過在《古事記》裡，湍津姬神與市杵嶋姬神的排行及奉祀地點都是對調的。」

「對調的……？」

良彥有種腦門突然挨了一棍的感覺，屏住呼吸。湍津姬神好像說過同樣的話？

「啊，說到宗像王的女兒，我想起來了……」

女性突然抬起頭來，開口說道：

「宗像王的女兒不是嫁到大和去了嗎？就是尼子娘啊。」

女性指著自己包包裡的文件夾，詢問男性。

「啊，對，算起來是長屋王的祖母。」

「咦？呃，長屋王是……？尼子娘是……？」

跟不上兩人對話的良彥一頭霧水地詢問。

「哦，尼子娘就是生了長屋王的父親高市皇子的人……」

良彥大為動搖，而女性清楚明瞭地告訴他：

「她在七世紀左右嫁給大海人皇子，也就是天武天皇。」

四

□□□留下的功績全都很偉大。如今，都城按照計畫興建，這本來也是□□□，連外國人都為了□□□而驚嘆不已。而奉命編纂□□□，正是把這個國家的歷史和祖先的生活□□□偉業。還記得□□□說想聽□□□，當時兒子碰巧同座，由於我平時□□□都是稱為姊姊，他聽了不禁大吃一驚。

我打從心底希望有一天——啊，有一天，□□□也能見見兒子。

猶如成熟果實的夕陽，一面將飄盪的薄雲染成紅色，一面沉落西方。那是自太古以來重複了幾萬次的夕暮。市杵嶋姬神佇立於神社境內的森林一角，眺望這幅光景。在夕陽的照耀之下，閃閃發亮的女神美得令人不禁屏住呼吸。

「……你要躲到什麼時候？」

不久，市杵嶋姬神帶著確信轉過半邊身子。

「甚至連姊姊和湍津都來了，這次又有什麼事？」

「果然被發現啦。」

視線不偏不倚地對上，良彥只能苦笑著從樹幹背後現身。這個地方禁止一般人進入，多虧有女神同行，良彥才得以踏入。

「如果是紗那的事，我已經無話可說。我不想再回憶了。每次回憶，就得面對自己的薄情……只會後悔自己當時沒有違反天理阻止她。」

市杵嶋姬神皺起眉頭，恨恨地說道。

「二姊……」

良彥身後的湍津姬神一臉擔心地輕喃。最能體會市杵嶋姬神心情的，應該就是這一對姊妹神吧。

「我找到巫女的痕跡了。」

良彥開門見山地對著陶瓷般的美麗側臉說道。

「與其說是巫女，不如說是紗那的痕跡比較正確就是了。」

「紗那的……？」

市杵嶋姬神微微地睜大眼睛，轉過頭來，隨即又改變想法，搖了搖頭。

「紗那存在的痕跡，在大和的歷史上只是微不足道的小事。連宗像都沒有留下她的痕跡，歷史上怎麼會有？……就算她嫁給了天皇也一樣。」

紗那即是嫁給天武天皇的尼子娘這件事，三女神都記得一清二楚。她出嫁的來龍去脈、與市杵嶋姫神之間的談話，祂們也沒有忘記。只是因為顧及親手將疼愛的巫女送往大和的市杵嶋姫神，祂們才絕口不提。

「不，真的有，而且正是託她嫁給了天武天皇的福。」

良彥揚了揚剛才向那對情侶借來的《日本書紀》和自己帶來的《古事記》。

市杵嶋姫神用懷疑的目光凝視著良彥。

「……我知道紗那和天武生下一個皇子。不過，由於紗那身分低微，那個皇子無法成為天皇，而皇子留下的兒子又遭人構陷身亡。難道這就是你說的痕跡？縱使留有皇子的紀錄，紗那卻連個名字都沒有留下。」

當時雖然是女性天皇在位的時代，但是關於其他女性的紀錄卻出奇地少。天武天皇的皇后後來成為持統天皇，因此紀錄不少，但是以服侍天皇的采女身分進入大和的尼子娘，在歷史上卻只是高市皇子之母。前往大和之後，紗那度過了什麼樣的人生，如今已無從得知。

「就算她怨恨我，也怪不得她……」

市杵嶋姬神露出自嘲的笑容，但是看起來卻是泫然欲泣。雖然已經過了千餘年，祂心中對於紗那的罪惡感仍未消失。良彥靜靜地咬緊牙根。其實那根本不是罪惡。

「……紗那所嫁的大海人皇子在六七三年即位，成為天武天皇，他後來下令編纂《日本書紀》。同時，稗田阿禮等人也奉天武天皇之命編纂《古事記》。」

良彥回憶來這裡之前查到的資料，逐一道來。從前他閱讀《古事記》或《日本書紀》時，從未抱持過任何疑問，如今才知道一切都是始於天武天皇。

「《古事記》是在七一二年完成的，八年後，《日本書紀》也完成了。不過，僅僅八年之差，關於宗像三女神的記述卻完全不同。」

良彥再度對著市杵嶋姬神揚了揚手上的文庫本。

「舉凡誰是長女誰是次女的姊妹排行、三女神的名字和坐鎮地，全都不一樣。在《日本書紀》裡，甚至連本文和引用文獻的記述都不一致。」

良彥打開《日本書紀》的相關頁面。本文所載的降生順序，是田心姬神、湍津姬神、市杵嶋姬神，和現在宗像大社宣稱的一樣，但是與三女神自己描述的姊妹排行並不相同。

「綜合祢們的說法，全部吻合的是《古事記》。」

聞言，湍津姬神意外地睜大眼睛。

「長女田心姬神、次女市杵嶋姬神、么女湍津姬神的排行是正確的，而且坐鎮地也寫明了是沖津宮、中津宮和邊津宮。除此之外，還記載了田心姬神真正的名字——多紀理毘賣命。」

一直沉默不語的田心姬神心下一驚，抬起頭來。

良彥把視線從文庫本移到市杵嶋姬神身上。

「能夠正確傳達這些事的，祢覺得是誰？」

聞言，市杵嶋姬神明顯動搖了。祂不自覺地緊握在胸前交握的雙手。

「……難道說……」

祂吐氣般的聲音之中，參雜了否定與期待之情。

「紗那參與了《古事記》的編纂……？」

——我還以為她一定很寂寞。

兩度失去故鄉，一再面臨於陌生土地上生活的困境，市杵嶋姬神還以為紗那一定為此悲嘆不已。

祂一直很後悔沒能親自保護紗那。

「是啊。這些事只有紗那知道，不是嗎？」

《日本書紀》對於宗像三女神的記述為何不一致，無從得知；不過，至少可以知道，聽得見女神聲音之人的意見並未反映在書中。

「真的？紗那真的參與了《古事記》的編纂？」

湍津姬神抓住良彥拿著《古事記》的手。

「紗那把我們的事寫下來了……？」

被人們遺忘的神明越來越多，但宗像三女神的存在依然舉足輕重。然而，了解祂們扮演的角色與坐鎮理由的人，究竟有多少？對於祂們一路見證的歷史，又有多少人關心？

「如果這是真的，紗那在大和應該過得很幸福。」

田心姬神把手輕輕放在湍津姬神的肩膀上。

「史書的編纂牽涉到國家的威信，不是任何人都可以隨意參與。」

湍津姬神仰望姊姊，淚濕了眼眶。

紗那敘述的宗像事蹟之所以獲得採信，正是出於天武天皇對她的愛——這種揣測可會過於一廂情願？

「祢們疼愛的最後一個巫女嫁到大和、生下皇子，並在流傳至今的史書中留下她的痕跡。」

正確地記錄宗像三女神的事蹟，正是巫女紗那存在的證明。

市杵嶋姬神睜大了眼睛，呆立於原地，嘴唇微微顫抖。

「我想，紗那並不怨恨市杵嶋姬神。祢說祢害她拋棄了兩個故鄉，但紗那應該不這麼想。」

良彥重新望著手中的兩本史書。從前他只把這些書當成資料看待，不過，正因為有人編纂，現在的自己才能了解當時的事。

「據說，紗那是在六五四年左右生下高市皇子，這代表她是在更早幾年前嫁過去的吧？而《古事記》和《日本書紀》是在六八一年開始編纂的。照理說，都已過了二十七年，對於自己出生長大的地方早就印象模糊了吧？可是，紗那卻還把宗像三女神的事記得一清二楚。」

如果她真的怨恨女神，想必連提都不願意提起。良彥不清楚紗那的說法是如何被採納的，不過，經過這麼多年，還能夠正確記得宗像的景色，可見得紗那有多麼懷念這個地方。

「對於紗那而言，宗像──三女神所在之地，永遠都是該回去的故鄉。」

被田心姬神摟著肩膀的湍津姬神再也忍耐不住，開始嗚咽落淚。祂也一樣把最後一名巫女當成妹妹般疼愛，自然擔心她的歸宿。

「……可是，可是我……」

市杵嶋姬神緊咬嘴唇，並未擦拭滿面的淚水。

「我沒能保護紗那……」

如果可以，祂希望能在這片土地上保佑紗那，直到她壽命終結的那一刻。祂要求紗那當巫女，卻又讓她為了政治而出嫁。

「這個事實永遠不會消失，我依然是受凡人奉祀卻背叛凡人的薄情女神……」

祂的叫聲在暮色蒼茫的森林中悲痛地響起。

「市杵嶋姬神，別再這樣貶低自己。」

在良彥腳邊靜觀其變的黃金終於開了口。

「在與凡人交流的過程之中，有些事情是神明也無能為力的。再說，從爾望著良彥踩空的沖之島石階的眼神看來，我並不認為爾是薄情之神。」

──差使公子，請你和愛惜沉睡在島上的祭器一樣愛惜石階。

──對於我們而言，它和祭器一樣，都是可愛凡人的軌跡。

「……的確，祢沒能在宗像這塊土地上保護紗那，不過，我很清楚祢有多麼疼愛她。」

良彥垂眼望著手邊的《古事記》。

「《古事記》上記載，湍津姬神是坐鎮於本土的邊津宮，而市杵嶋姬神是坐鎮於大島的中津宮。換句話說，紗那待在宗像時是這樣子，不過現在反過來了，在邊津宮的是市杵嶋姬神，在中津宮的是湍津姬神。」

現在的三女神坐鎮地碰巧和神社宣稱的相同。這是巧合？或是能感應到女神的神職人員訂定的？良彥不清楚。

良彥回頭望著湍津姬神。

「祢說過是市杵嶋姬神主動和祢交換的吧？是不是在紗那出嫁後不久？」

突然被這麼一問，眼眶仍然濕潤的湍津姬神有些焦急地追溯記憶。

「呃……呃，嗯……對，是這樣沒錯！」

湍津姬神雙手握拳，氣勢洶洶地回答。見狀，良彥的視線柔和地滑向市杵嶋姬神。

「這是因為比起必須渡海的大島中津宮，待在本土的邊津宮比較方便，對吧？」

這是無法離開此地的市杵嶋姬神表達愛情的方式。

「這樣紗那若是歸來，祢就可以頭一個迎接她。」

對於神明而言，這點距離其實根本不成問題。

但祂一心只想比任何人都更早見到她。

「我想，這樣就夠了。」

誰會說如此死心塌地的女神薄情？

市杵嶋姬神再也忍耐不住，當場跪倒在地，哭成淚人兒。湍津姬神奔向祂，而田心姬神也用手臂牢牢抱住互相擁抱的兩個妹妹。

紅色夕陽西沉，漆黑的陰影落在森林中，只有三女神周圍散發著淡淡的光芒，溫暖地照耀著彼此。

⛩

從前兒子曾經問我想不想回□□□，不過，□□□絕不說想回去。我已經嫁作人婦，也已經做好覺悟□□□；如今孫子也出生了，過得很幸福。即使如此，有時候我還是好懷念那片大海。如果可以，我真想和姊姊見面，撲向那溫柔的懷抱。可是，現在我的任務是在這裡見證□□□，將故鄉□□□留在這個國家的歷史中。□□□過世以後，我只能在一旁守著這個國家的□□□。我已經不是那個在海岸哭泣的小孩了。

——姊姊，這樣就夠了，對吧？

「出了什麼問題嗎？」

在玄界灘巨浪拍打的海岸，綾子出神地望著智慧型手機，聽見岡澤的聲音才抬起頭。

「啊，沒什麼，我只是在看後續的譯文和前島先生翻譯完後的感想而已。」

從投宿的飯店走下修葺有加的階梯之後，便是沙灘。太陽已經沉入水平線，夜幕包圍了四周。玄界灘總是給人波濤洶湧的印象，但不知是不是因為他們現在位於海岬的側面，海面意外地平靜。規律的波浪聲聽起來十分順耳。

「接到妳的聯絡以後，前島先生一定卯足了幹勁吧。」

岡澤接過智慧型手機，瀏覽內容。他比綾子更加期待前島的回覆。

「這份史料不是常提到『姊姊』嗎？我一直以為指的是同一個人，但前島先生說應該全都不一樣。」

「全都不一樣？」

岡澤忍不住反問，從綾子的包包中取出報告紙，重新檢視上頭的譯文。綾子也從旁窺探。

「因為每篇文章稱呼『姊姊』的用詞都不一樣……前島先生說，這樣算起來，至少有三個姊姊。」

「……嗯，的確，有三個部分提到『姊姊』。」

岡澤比對譯文，興味盎然地瞇起眼睛。當然，光憑這一點，無法斷定姊姊有三個，這只是前島個人的看法而已。

「假設姊姊真的有三個，而撰文者也是女性……一、二……」

岡澤屈指算數，輕輕地睜大眼睛。

「這麼說來，是四姊妹？和《小婦人》一樣。」

岡澤興味盎然地喃喃說道，再度專注於智慧型手機之上。綾子的視線離開了被液晶畫面照亮臉龐的未婚夫，只見夜色覆蓋的天空裡有無數的星星。這裡的街燈較少，可以看見微小的銀光。那是數百年、數千年來都未曾改變的宇宙盡頭光芒。

「啊，找到了、找到了！」

和他們相約的青年，從通往飯店的階梯上跑下來。剛才他們在神社重逢，青年保證一定會立刻歸還，向岡澤借走了《日本書紀》。岡澤看青年十分急切，不由自主地答應了，並沒有詢問他要用來做什麼。

「對不起，我遲到了！」

青年一如往常，露出和善的笑容，低頭道歉。

「雖然不知道你借去做什麼，但有幫上你的忙嗎？上頭應該沒有提到巫女的事。」

岡澤接過青年遞出的文庫本，打趣地問道。

「不，已經足以證明了。」

「證明巫女是否存在？」

「嗯，可以這麼說。總之，委託人已經接受了，所以沒問題。」

青年帶著足以拂拭夜色的開朗表情，笑著說道：

「從前我只把《古事記》和《日本書紀》當成古時候的資料，不過，有人發起計畫，有人實際撰寫……有人協助，有人將它們流傳到後世……《古事記》和《日本書紀》就是這些人的心血結晶。」

說著，青年仰望拓展於漆黑海面上的天頂。

「我對日本史不熟，從來沒有抱持過任何疑問，不過仔細想想，正是這些沒有留下紀錄或文字的人們的生活、生死與各種情感造就了現在。」

綾子也跟著他一起再度仰望夜空。

青年帶著柔和的雙眸，開口說道：

「嫁給天武的尼子娘，大概也是一面仰望大和的天空，一面回憶故鄉的天空吧。」

波浪聲傳入耳中。

自太古以來便一再重複的行星運動。

在時光的洪流之中逆流而生的人們軌跡。
他們沒有留下名字，甚至連其存在都已被遺忘，然而，他們在生命終結之前留下了血脈給子孫，也留下了存在的證明。
見證這一切的，正是女神的雙眼——

寫了這麼多，我決定把這些□□□託付給兒子。他一再勸我保存下來，我想他應該會傳給他的孩子，並一代一代地傳承下去。我並不是出於這種打算而寫的，所以有些難為情。不過，如果有一天，這些文字可以留在□□□或不認識我的某人的□□□，或許便能□□□我活著的證明吧。

老實說，這陣子我的身體□□□，時常仰望星空，想起了許多事，心頭□□□。我大概再也□□□故鄉了吧！不過，如果我能夠再度投胎到這個世上，無論我出生在何處，我想，我都會稱那片土地為故鄉。

「綾子？」

和青年道別後，返回飯店的路上，岡澤呼喚仰望著海上星空的綾子。

「妳不回去啊？」

夜裡的海風很冷，綾子本想立刻回房，卻被這幅景色釘住，無法動彈。

「……我住過很多地方，都是位於山邊或內陸，從來沒有看過這種景色。」

岡澤站在綾子身邊，與她一同仰望星空。將這個世界的邊際盡收眼底的遼闊天空就在眼前。

「……不過，我卻有種似曾相識的感覺。」

一股難以言喻的情感湧上心頭，讓綾子淚濕了眼眶。那是種心酸、溫暖卻又無比愛憐的複雜情感。她想不起身旁的是誰，卻又似乎有另一個自己在某處冷靜地俯瞰這一幕。

「不知道為什麼，我覺得好懷念，眼淚都快掉下來了……」

淚珠沿著綾子的臉頰滑落。見狀，岡澤靜靜地握住她的手。他的體溫讓綾子打從心底鬆一口氣，將與未婚夫共度人生的真實感總算湧上心頭。她並不孤單。總有一天，這裡會成為她的故鄉。就像那個撰文者一樣，這裡將會成為她心愛之人所在的歸處。

兩人相視微笑，繼續聆聽著安詳的波浪聲。

——最後，我要感謝接納我的丈夫、倭，以及故鄉的家人。

還有親愛的姊姊。

我，紗那，過得非常幸福——

附表 依誓約誕生的宗像三女神比較表

出處	名字與降生順序	坐鎮地
《古事記》	・多紀理毘賣命 （別名：奧津嶋比賣命） ・市寸嶋比賣命 （別名：狹依毘賣命） ・多岐都比賣命	・胸形之奧津宮 ・胸形之中津宮 ・胸形之邊津宮
《日本書紀》本文	・田心姬 ・湍津姬 ・市杵嶋姬	無記述
《日本書紀》第一之一書	・瀛津嶋姬 ・湍津姬 ・田心姬	無記述
《日本書紀》第二之一書	・市杵嶋姬命 ・田心姬命 ・湍津姬命	・遠瀛 ・中瀛 ・海濱
《日本書紀》第三之一書	・瀛津嶋姬命 （別名：市杵嶋姬命） ・湍津姬命 ・田霧姬命	無記述

※雖然使用的漢字不同，但《古事記》與《日本書紀》的三女神名字都是Tagori（Takiri、Takori）姬、Ichi（tsu）kishima姬、Takitsu（Tagitsu）姬。Takitsu是湍急的潮流，而Tagori也寫成田霧，是將海上產生的霧氣神格化之後的神明。Ichikishima姬是「島神」，有一說認為奉祀在沖之島上的本來是Ichikishima姬。

前兆

滄海孤島的夜色很深沉。

在毫無人工燈光的森林中，身帶藍色燐光的男神一步步行走著。然而，祂並沒有發出腳步聲，而是猶如在空中滑行一般前進。祂壯碩肌肉覆蓋的手臂上，刻著身經百戰的傷痕，腰間懸著一把巨大的劍。

不久後，男神的視野映出了神社，只見一尊女神面帶沉靜的微笑出來迎接祂。

「要來怎麼不先通知我一聲呢？」

女神搖晃著插在頭髮上的金色裝飾，對男神投以聰慧的視線。

「還是祢就在一旁看著？爹。」

聽愛女這麼說，男神笑了，露出大大的虎牙。祂雖然蓄著烏黑的長鬍，有時卻會露出少年般的表情。站在苗條的女神身旁，格外襯托出祂的結實身軀。

「大神指名我的女兒田心姬神當差事神，這是難得的大好機會，我自然得過來看看。」

「不過，祢真正想看的不是我們，而是差使吧？」

田心姬神以袖子掩住嘴巴，有些賭氣地說道。

「請放心，良彥完成了他的任務，卸下市杵嶋姬心中長年以來的重擔。」

父神用祂的大手撫摸田心姬神的臉頰。

「不是為了自己，而是為了妹妹吩咐差事，這一點倒是很符合爾的作風。」

「我們是三女神，一神的悲傷便等於三神的悲傷。」

在鳥兒也已然沉睡的森林中，只有兩尊神的周圍被淡淡的光芒照亮。

「良彥是個好差使嗎？」

父神如此問道。

「他雖然知識不足，卻有彌補這個缺點仍綽綽有餘的真誠。對於我們神明而言，那是一項很大的長處。」

女兒滔滔不絕地說道，父神瞇起眼睛。不過那並非讚嘆，而是帶著斟酌意味的冷靜眼神。

「──祢在擔心什麼嗎？」

田心姬神敏感地察覺到父親的異狀，如此詢問。過去曾有神界最為凶悍之譽的貴神在想什麼，連女兒也無從捉摸。

「來到這裡之前，我也問過出雲的女兒同樣的問題。祂和丈夫似乎都很支持差使。」

父神從枝葉的縫隙間仰望夜空。

「我必須好好審視，看看他是否真有救贖之力，有無覺悟之心。」

一陣風掀動田心姬神的薄衣，吹過幽暗的森林。

「從前，大國主神在面臨禪讓之際，交由自己的孩子們全權判斷，並遵從祂們的決定。但是，我可不像祂那麼好說話。」

父神身上的藍色光芒似乎變得更強烈，田心姬神不禁抬起袖子。那是種大海般的蒼藍色，無論何時都是那麼美麗。

「我會親手下決定。」

緊握的拳頭如岩石般堅硬。

須佐之男命凝視著拳頭，靜靜地笑了。

要點
神明講座 3

告訴我宗像三女神的相關知識！

須佐之男命啟程前往根之國之際，先去拜訪了姊姊天照太御神。為了證明自己沒有邪念，兩神締結了「誓約」。天照太御神接過須佐之男命的寶劍，將其咬碎，從當時噴發的氣息之霧誕生的，即是宗像三女神。不過，在《日本書紀》中，寶劍變成天照太御神的，咬碎的物品也變成勾玉，記述有些不同。此外，在《古事記》中，由於宗像三女神是從須佐之男命的物品中誕生，因此祂們被視為須佐之男命的女兒；而在《日本書紀》中，並沒有明確記述祂們是誰的孩子。

締結誓約時，須佐之男命咬碎了天照太御神的物品，生下五尊男神（《日本書紀》的說法為六尊），其中一尊即是天孫邇邇藝命的父親天忍穗耳命。

後記

為了宗像大社的取材而前往大島時，我和良彥一樣，租了一輛腳踏車遊島。除了釣客以外，大家的目的地幾乎都相同。我曾混在登山健行的女士們之間參觀中津宮，也曾在路上遇見身穿西裝、踩著出租腳踏車的男士。

十二月中旬的平日，穿著一身西裝加皮鞋的行頭參拜中津宮，接著又頂著玄界灘的狂風，踩著腳踏車前往遙拜所的男士——和身穿休閒裝扮參觀神社的大多數人相比，這幅光景給人一種超現實的感覺。是為了工作？還是私人行程？他究竟是何方神聖？我感到非常好奇，正巧回程時有機會和他說話，才知道他是前來福岡出差的上班族，興趣是參訪神社佛寺。當時受了他不少關照，不知他現在是否依然精神奕奕地在收集朱印呢？原來旅程之中也會有如此不可思議的邂逅啊。

如此這般，這回也平安無事地獻上第六集。良彥逐漸北上，或許會就這麼跑到東北以北的地方。站在作者的立場，如果可以，包含沖繩在內，我希望良彥能夠行遍全國各地；不過他很窮，要怎麼擠出他的旅費是眼下的課題。

（以下涉及劇情，請注意。之前都沒有先行警告就透露劇情，很抱歉。）

這一集有回收穗乃香與伶司伏筆的限制在，費了我不少心思。平將門的桔梗傳說只是傳說，桔梗是否真實存在，尚未證實；而桔梗是秀鄉的妹妹、後來投水身亡，也只是其中一種說法而已。關於她的傳說很多，有興趣的讀者不妨查查看，應該挺有意思的。

關於第二章的建御雷之男神與經津主神的主從關係，只是故事裡的設定而已，《古事記》等典籍之中並沒有這樣的記載。在《日本書紀》裡，甚至有一說是最初奉命平定葦原中國的是經津主神，而建御雷之男神反對，後來才演變成兩神同行。如果採用這個說法，故事就變得截然不同。

第三章是以尼子娘嫁給下令編纂《古事記》與《日本書紀》的天武天皇為主軸所構思的故事，由於提到了史料，多費了不少功夫。文獻鑑定的相關知識只能請教專家，因此，打從《諸神的差使》出版以來，我頭一次和責編造訪博物館、採訪學藝員。奈良縣立橿原考古學研究所附屬博物館的鶴見先生，真的很謝謝您。畢竟是幾乎沒有留下紀錄的古代之事，我卻問了些無法明確回答的問題，實在非常抱歉。不過，多虧您替我這個門外漢做了詳盡又淺顯易懂的解說，我才能將這些寶貴的提示應用在作品中，真的很感謝您。各位讀者有機會去橿原的時候，請務必前往橿原考古學研究所附屬博物館參觀！（附近還有泣澤女神的神社。）紗那（或許）住過的飛鳥宮，在博物館裡也有以考古學研究所發掘的實物資料為基礎而打造的復原模型喔。

關於紗那的原型尼子娘，幾乎沒有相關資料，參與《古事記》編纂的說法只是我的創作。「她嫁給天武天皇後，或許……」第三章即是基於這樣的幻想寫下的。是否曾有巫女渡海登上沖之島，也不得而知。不知道實際上是如何呢？

如此這般，這次也替我畫下美麗封面圖的くろのくろ老師，我絕不會忘記四月一日的愚人節題材（笑）。那張圖我會永遠保存下來。今後也請您和我一起編織《諸神的差使》世界。

還有，差不多快被占空間的新作給煩死的「Unluckys」，總是挑在這種時候聯絡，真的很過意不去。我現在過得很好。再來是送了不少慰勞品給我的家人、親戚以及敬愛的祖先，我要向你們獻上不變的愛與感謝。

這次依然大力關照我的兩位責編，勞煩你們在百忙之中陪我取材，真的萬分感激。下次要去哪裡呢？

此外，《諸神的差使》也改編為漫畫，單行本是由KADOKAWA／ENTERBRAIN的「B's-LOG COMICS」出版（註15）。良彥和黃金比小說中更加精力旺盛地四處活動，請務必看看。尤其是ユキムラ老師所畫的超帥孝太郎更是不可錯過！

最後，但願如同神明微笑的和煦陽光，灑落在拿起這本書的您身上。

那麼，第七集再會吧！

二〇一六年　五月某日　望著插秧前的神田　淺葉なつ

註15：此為日本的出版資訊。

恭喜《諸神的差使》第六集出版。

各位讀者大家好，我是ユキムラ，有幸負責《諸神的差使》漫畫版。

接下漫畫版的工作以後，我把當時已經出版的第一至四集小說一口氣看完了。剛開始看的時候，我一直在煩惱該如何把這麼優美、毛茸茸、溫暖卻又帶點苦味的作品改編為漫畫，更何況封面是畫風細緻的くろのくろ老師的大作。

不過，隨著良彥在全國各地奔走，我對於他遇見的神明、土地歷史及風土民情有了些認識，並萌生前往一遊的念頭；同時，也好奇黃金老爺接著又要吃什麼東西把自己養得白白胖胖，自然而然地，煩惱便一掃而空。我想，原作如此有趣，我畫出的漫畫應該也會很有趣吧。

然後，我也找到了非常想畫的場景。

就是「單人角力」的相撲場景。細瘦高挑、彬彬有禮、相撲又很強的稻本先生，實在太對我的胃口……雖然不知道得等到幾年後，但是我很期待畫這一幕的那一刻到來。

漫畫版《諸神的差使》終於出版第一集（註16）。如同插畫所示，黃金老爺的造型設計得不太一樣。如果各位讀者也能一起看看漫畫版，我會很開心！

二〇一六年七月　ユキムラ

註16：此為日本的出版資訊。

參考文獻

《白話古事記 眾神的故事》 竹田恒泰著（學研出版）
《白話古事記 天皇的故事》 竹田恒泰著（學研出版）
《神道文化叢書1 神道百言》 岡田米夫著（一般財團法人神道文化會）
《全白話文譯版 日本書紀（上、下）》 宇治谷孟譯（講談社）
《宗像大社》 宗像大社社務所發行
《宗像、沖之島及相關遺產群調查研究報告Ⅰ》 編輯、發行「宗像、沖之島及相關遺產群」世界遺產推進會議

奈良縣立橿原考古學研究所附屬博物館 指導學藝員鶴見先生
感謝您寶貴的意見，在此再次致上謝意。

國家圖書館出版品預行編目資料

諸神的差使 / 淺葉なつ作；王靜怡譯. -- 初版.
-- 臺北市：臺灣角川, 2016.07-
冊；　公分. --(角川輕.文學)

譯自：神様の御用人
ISBN 978-986-473-174-9(第 5 冊：平裝). --
ISBN 978-986-473-519-8(第 6 冊：平裝)

861.57　　　　105009202

輕文學 Light Literature

諸神的差使 6

原著名＊神様の御用人 6

作　　者＊淺葉なつ
插　　畫＊くろのくろ
譯　　者＊王靜怡

2017 年 2 月 23 日　初版第 1 刷發行

發 行 人＊成田聖
總 編 輯＊呂慧君
主　　編＊李維莉
文字編輯＊溫佩蓉
資深設計指導＊黃珮君
美術設計＊陳晞叡
印　　務＊李明修（主任）、張加恩、黎宇凡、潘尚琪

發 行 所＊台灣角川股份有限公司
地　　址＊105 台北市光復北路 11 巷 44 號 5 樓
電　　話＊（02）2747-2433
傳　　真＊（02）2747-2558
網　　址＊http://www.kadokawa.com.tw
劃撥帳戶＊台灣角川股份有限公司
劃撥帳號＊ 19487412
製　　版＊尚騰印刷事業有限公司
I S B N＊978-986-473-519-8

香港代理
香港角川有限公司
地　　址＊香港新界葵涌興芳路 223 號新都會廣場第 2 座 17 樓 1701-02A 室
電　　話＊（852）3653-2888

法律顧問＊寰瀛法律事務所